ナナ
無表情なホムンクルス
ルル
クボォーク王国
出身。
アリサの姉
リザ
橙鱗族の少女
サトゥー
異世界に迷い込んだ
アラサープログラマー

口絵・本文イラスト
shri

装丁
coil

C O N T E N T S

20
Death Marching to the Parallel World Rhapsody

清浄なる国

〝サトゥーです。水清ければ魚棲《す》まずなんて言いますが、潔癖すぎる同僚がいるとフォローが大変でした。法令遵守は当然ですが、細かい規則を厳守しすぎて周りとギクシャクしていたものです。〟


「星空～？」

「昼だったのに夜になっているのです！」

　満天の星を見上げて驚いているのは、白い髪をショートにした猫耳猫尻尾《しっぽ》の幼女タマと茶色の髪をボブカットにした犬耳犬尻尾の幼女ポチの二人だ。

「時差があるのね」

　白い息とともに現代知識を持つ元日本人らしい呟《つぶや》きを漏らしたのは、不吉とされる紫色の髪を持つ転生者のアリサだ。

「ここは大砂漠の西端だから、さっきまでオレ達がいたクボォーク王国からはかなり離れているんだよ」

　パリオン神らしき青い髪の幼女から「今代の勇者を助けて」と頼まれて、勇者ハヤトのいるパリオン神国を目指してここまで転移してきた。

　転移した場所はオレがユニット配置可能な、大陸西端にある都市核《シティ・コア》の間だ。

そこからはアリサの空間魔法で、大砂漠へと出た。

「月が綺麗《きれい》ですね」

砂漠の月を見上げるのは、美しい月さえ嫉妬《しっと》しそうな超越的な美貌《びぼう》を持つ黒髪の美少女ルルだ。

「そうだね」

そう答えてから、古典文学ネタを思い出した。

まあ、異世界生まれのルルが知っているはずもないのでスルーする。

「ミーアも気に入ったかい？」

「ん」

オレの問いに上の空で答えたのはエルフのミーアだ。

星空を見上げる彼女が微《かす》かに頷《うなず》くと、ツインテールにした髪が揺れ、エルフの特徴である少し尖《とが》った耳をくすぐる。

「マスター、温度センサーの異常を確認。体温低下を防止する事を推奨します」

回りくどい言い方で「寒い」と告げたのは、生後一年強のホムンクルスである金髪美女のナナだ。

他《ほか》の子達も寒そうにしていたので、ストレージにストックしてあった防寒着を配る。

昼間と違って、夜の大砂漠はかなり気温が下がるようだ。

「ご主人様、周囲に潜んでいた魔物は排除いたしました」

凛々《りり》しい顔で報告してくれたのは橙鱗《とうりん》族のリザだ。

冴《さ》え冴《ざ》えとした月明かりが、彼女の種族的特徴である首元や手首の鱗《うろこ》で反射する。

オレが労《ねぎら》うと、彼女の尻尾がピタピタと砂を叩《たた》いた。

「ここからは飛空艇で行くの？」

「そうだね……」

今のところ、勇者ハヤトや彼の従者達に深刻な被害はない。

マーカー一覧にある勇者の情報を読む限り、多少の体力値《HP》やスタミナ値《SP》の低下や増減はあるが、魔王討伐を志す勇者パーティーとしてはそれほどおかしくはない。

現在位置も「パリオン神国」ではなく「魔窟《まくつ》」となっていたし、魔王討伐の為《ため》に魔窟とやらを攻略中なのだろう。

オレ達の助力が必要になるのは、もう少し先の話なのかもしれない。

「パリオン神国の近くまでは、オレの空間魔法で運ぶよ」

閃駆《せんく》で移動して転移ポイントを作り、空間魔法の「帰還転移《リターン》」を繰り返して運ぶのが手っ取り早い。

「そこからは陸路で普通に入国しよう」

とりあえず、彼の関係者がいるはずのパリオン神国の首都へ向かい、そこで勇者ハヤトの居場所を教えてもらおうと思う。

観光省の資料を基にパリオン神国の手前まで移動し、そこに仲間達を連れてくる。

「あら？　ここも砂漠？　大砂漠とあんまり離れてなかったの？」

「いや、小国二つ分くらいは離れているよ。ここは飛び地の小砂漠だね」

上空から見た感じ、パリオン神国は「万里の長城」を彷彿《ほうふつ》とさせる「長城結界」という壁に囲まれている。

観光省の資料によると、パリオン神国は国土の三割が砂漠で、五割が荒れ地という厳しい国土らしい。

「せっかくだし、駱駝《らくだ》に乗って都市に向かいましょうよ」

「駱駝？　まあ、駱駝型のゴーレムならすぐ作れるけど……」

「どうせ日が昇るまでは都市の門も開かないでしょ？」

それもそうか――日の出まで三時間といったところかな？

今のところ緊急性も低そうだし、待ち時間を楽しむくらい構わないだろう。

オレは周囲にある砂を材料に、人数分の石駱駝――駱駝型ゴーレムを作った。

「サトゥー」

「みてみて～？」

「あびらあんとっとなのです」

ミーア、タマ、ポチの三人がベリーダンスのような衣装で現れた。

ビキニのトップスに透け素材のパンタロンを穿《は》き、じゃらじゃらと揺れるビーズ飾りやコイン飾りを身に着けている。

この寒空に風邪を引くぞと注意しようと思ったが、周りの空気が暖かい。

アリサが火魔法で周囲の温度を上げたようだ。

「えへへ～、色っぽいでしょ？」

同じ格好で現れたアリサが、ちょっと恥ずかしそうにポーズを取る。

「四人とも可愛《かわい》いよ」

オレが年少組を褒めると、後ろから年長組も着替えを終えて来た。

「マスター、私も可愛いですかと問います」

「ちょっと恥ずかしいです」

「二人とも綺麗だよ」

プロポーションの良いナナが着ているとなかなか破壊力が高い。

大人になる途中のルルは少し背徳感があるね。

「私のような者がこのような衣装を着るのは……」

「リザもよく似合っているよ」

スレンダーなリザだと凛々しいイメージだ。

剣の舞を踊らせたら、きっと似合うに違いない。

「それじゃ、行こうか」

石駱駝の足を畳んで座らせても、アリサやミーアは鐙《あぶみ》まで届かないので腰を掴《つか》んで乗せてやる。

仲間達が乗ったのを確認して石駱駝を発進させる。

「月明かりの砂漠を駱駝の隊列で進むなんて、アラビアンナイトの世界に紛れ込んだ気分だわ」

「ジンの指輪や魔法のランプなんかも用意しようか？」

魔法の絨毯《じゅうたん》で移動するのも楽しいかもしれない。

オレ達はそんな会話を交わしながら、長城結界に守られたパリオン神国の領域へと辿《たど》り着いた。

とりあえず「全マップ探査」の魔法でパリオン神国を調べる。

シガ王国と同様に国が幾つかのマップに分かれているようで、パリオン神国東関門領というマップしか明らかにならなかった。

人族が主体で全体の六割、砂人という初見の亜人が三割強を占める。残り一割を多種多様な鱗《うろこ》族と獣人が構成しているようだ。妖精《ようせい》族もいるが少ししかいない。魔族や転生者はいないようだ。

もっとも、シガ王国の王都で騒動を起こした魔王信奉集団「自由の光」の構成員は何十人か見つけたので、詳細情報を書いた紙を東関門領の太守――パリオン神国では聖区長というらしい――に「物質転送《マテリアル・トランスファー》」の魔法で送りつけておいた。

オレが排除しても良かったのだが、東関門領の法律を知らなかったし、構成員以外の協力者を摘発するのが手間だったのもあって聖区長に丸投げを選んだ。

◆

「ずいぶん長い外壁ね」

「観光省の資料によると、『長城結界』っていうらしいよ。パリオン神国の領土をぐるりと一周するほど長いんだってさ」

ようやく門が見えてきた。

「パリオン神国への出入りは国の三方にある関門街の門からしかできないそうだ」

目の前の門は東関門街に入るモノだ。

関門街を覆う壁は、「長城結界」を構成する壁の半分くらいの高さしかない。

「『長城結界』に出島みたいに飛び出た街か……案外壁を崩したら、巨人の顔が出てきたりしてね」

アリサが大人気巨人漫画のネタを振ってきたので、「それはないよ」と受け流しておく。

東関門街へは特に手続きもなく、門の前で待っていた人達と一緒に開門と同時に中に入る事ができた。なかなか懐深い街のようだ。

交易路の途中にあるせいか、色々な服装の人が多い。

その中で大多数を占めるのは、年末の王都で「魔神の落とし子」事件を引き起こしたホーズナス枢《すう》機卿《ききょう》と同じようなターバン風の布を頭に巻いた中東風ファッションの人達だ。このあたりは染料が高いのか、生成りの色合いをした質素な服が多い。

「良い匂《にお》い～？」

「ポチには分かるのです！　これは羊さんの肉を焼いた香りなのです」

「ふふふ、ポチもまだまだですね。香辛料の香りが強くて分かりにくいですが、これは山羊《やぎ》の匂いですよ」

街に入ってすぐの広場から進む大通りには、朝食や軽食を売る屋台からの美味《おい》しそうな香りと威勢のいい売り子の声が満ちていた。

ここの公用語はパリオン神国語だったので、皆《みんな》に翻訳指輪を装備させておく。

「そこの異国のお兄さん！　パリオン神国名物の山羊肉入りの焼き飯はどうだい！」

店主が大きな平鍋《ひらなべ》の蓋《ふた》を開けると、バターや香辛料の香りが流れ出てきた。

良い香りが食欲を誘う。店主のアピールする山羊肉以外にも、刻んだナツメヤシや見慣れない地元の野菜なんかが入っているようだ。幸い原形の分かる虫は入っていない。

生のお米から作るみたいなので、焼き飯やチャーハンではなくピラフのような料理だろう。

「はらぴこ～？」

「良い匂いすぎてポチはどうにかなっちゃいそうなのです」

「ははは、今日の朝ご飯は屋台で食べようか」

「はいはい、賛成！」

オレ達はピラフをメインに色々な料理を選んで朝食にした。

このあたりは手で食べるのが普通みたいだったけど、ポロポロ溢《こぼ》れて食べにくかったので自前のスプーンを使う。

ちょっと悔しいので、パリオン神国滞在中に手で食べる作法をマスターしたい。

「この白いのは何だろう？」

「ヨーグルトっぽい見た目と食感だけど、味はごま豆腐っぽい？」

「こっちのナンで掬《すく》って食べるみたいです」

ルルが食べ方を教えてくれた。

ＡＲ表示だと「パリフ豆のペースト」となっている。アラブ料理のハモスっぽい感じだ。

「マスター、こちらは痛辛いと告げます」

ナナが真っ赤なスープを見せる。

「にゅ！」

「鼻が痛くなるのです！」

「真っ赤ですね。唐辛子なんかの香辛料がいっぱい入っているみたいです」

「なかなか美味しいですが、これを食べると汗が噴き出ます」

寒い地方で食べたい感じの料理だ。

「ラディッシュと赤瓜《あかうり》のサラダ」

「へー、削ったチーズを掛けてあるんだね」

ミーアが見つけてきたのはカラフルなサラダだ。小麦粉で作った薄い皮に巻いて食べるらしい。

レモン系の酸っぱいドレッシングが掛けてあり、シャリシャリした食感とあいまって汗が引くような気分になる。ゴーヤみたいな苦い野菜がアクセントになっているようだ。

「やっぱり肉が最強なのです」

「ういうい～？」

五〇センチくらいの長い串《くし》にたっぷりの肉が刺さっている。

「串の先が他の人に当たらないように注意なさい」

「あい」

「はいなのです」

リザの注意に元気良く手を挙げて頷《うなず》く二人を愛《め》でながらオレも肉串を味わう。

ちょっと癖が強いけど、ミーアが見つけてきたサラダと交互に食べると良い感じに臭みが消える。

どの料理も主張が強めだが、異国情緒豊かで良い感じだ。

勇者ハヤトと合流しないといけないけど、もうちょっとだけ観光を楽しみたいね。

◆

「なんでさ！　おいらは父ちゃんに会いに行くんだ！」

「うるさい、黙れ！　どのような目的だろうと、入門許可証を持たぬ者は通すわけにはいかん」

混雑する街中を観光しつつ長城結界の門へと向かうと、前方から少年と門番らしき男の言い争う声が聞こえてきた。

「あの小僧には無理だな」

「まあな。入門許可証を買うには大金貨一〇枚もかかる。一人前の商人でも大変な額だ」

「神殿で修行を積めば、入門許可証が発行されるだろ？」

「無理無理。そっちは一〇年も厳しい修行を積まないとダメらしいぜ」

「武人は？　神殿兵になる為なら入れるんじゃないか？」

「『才ある者』は入れるって聞いたぞ？」

「技術者はどこの街でも大歓迎だろ。魔法使いや技術者も入れるらしいな」

「まあ、どっちにしろ、あの小僧には無縁だろう」

　門の騒動を見ている男達の会話が聞こえた。

「仕事の邪魔だ。入門許可証を手に入れてから出直してこい」

　門番に突き飛ばされた少年が、オレ達の前に転がってきた。

　ざらざらの黄土色の肌をした華奢《きゃしゃ》な少年で、さっき「全マップ探査」で見つけた砂人という種族らしい。

「だ、大丈夫なのです？」

「怪我《けが》ない〜？」

　タマとポチが駆け寄る。

「これくらいへっちゃらさ。心配してくれてありがとな――本物か、この耳？」

「にゅ！」

「乙女の耳を勝手に触ったらダメなのですよ？」

　無遠慮に耳を触られたタマが、バックステップで少年と距離を空けた。

　驚く少年に、ポチが指を立てて「めっ！」と言って窘《たしな》める。

「ご、ごめんよ。嫌がるとは思わなかったんだ」

「なんくるないさ〜」

　タマはぺたんとしていた耳をピピッと揺らして少年を許した。

「怪我しているじゃない。ミーア」

「ん、任せて」

門前の混《こ》み合った場所から離れ、ミーアが水魔法で少年を癒《い》やす。

「ありがとう。お前、小さいのに凄《すご》いんだな」

少年がフランクにミーアを褒める。

ミーアのエルフ耳にも興味があるようだったが、さっきのタマの反応で反省したのか、無遠慮に触る事はなかった。悪い子ではないようだ。

――おや？

ＡＲ表示された少年の名前が「ライト」になっている。

パリオン神国は「ス」や「ト」で終わる名前が多いから変じゃないのかもしれないけれど、英語っぽくも見える。

転生者かもしれないと念の為《ため》に確認してみたが、怪しい称号はないし、特殊能力《アビリティ》――ユニークスキルもない。スキルも「直感」という変わったのが一つだけだ。

「さっき門番と揉《も》めていたけど、どうして門の向こうに行きたいんだい？」

「おいら、父ちゃんを捜しているんだ」

「お父さんを？」

「うん、母ちゃんが流行《はやり》病で死んじゃってさ。父ちゃんに母ちゃんの最期の言葉を伝えに行くんだ」

「お父さんの行方は分かっているのかい？」

「聖都だよ。『賢者様』に誘われて聖都に行ったっきり音沙汰《おとさた》がないんだ」

聖都というのはパリオン神国の首都である聖都パリオンの事だ。

「お父さんを見かけたら君の事を伝えてあげるよ。名前はなんて言うんだい？」

「父ちゃんの名前はイユースァク。珍しい名前だろ？　父ちゃんは異国の生まれなんだってさ」

ライト少年はそう言うが、この国に来たてのオレにはどう珍しいのかよく分からない。

名前が分かったので検索してみたが、このマップや一つ手前のマップには「イユースァク」という人物は見つからなかった。

「ご主人様、この子を聖都まで一緒に連れて行ってあげる事はできませんか？」

心優しいルルはライト少年の境遇に同情したようだ。

「お前、不細工なのに良《い》い奴《やつ》だな」

恩を仇《あだ》で返すライト少年の不躾《ぶしつけ》な発言に、ルルの顔が曇る。

「このバカちんが～」

アリサがライト少年の頭に拳骨《げんこつ》を落とす。

「痛《い》ってぇ～。お前、乱暴だな」

「ルルを不細工って言ったからよ。人が傷付く事を言わないの」

「お前、傷付くのか？」

ライト少年の言葉に、ルルが小さく頷く。

「そっか、悪かった。おいら、母ちゃんにも良く怒られたんだ。『お前は口に出して喋《しゃべ》る前に、何を言うかちゃんと考えな！』ってさ。……母ちゃんはいつも口うるさいんだ。おいら、おいら、母ちゃんに怒られてばっかりでさ……。もっと怒られてもいいから、母ちゃんに元気でいてほじがっだんだ」

　母親を思い出して泣き出したライト少年の周りで、タマとポチがおろおろする。

　アリサが差し出したハンカチで涙を拭《ぬぐ》うと、昔の漫画に出てくる人みたいにチーンッと鼻をかんだ。

「マスター、同行を許可しますかと問います」

「そうだね——袖《そで》すり合《あ》うも他生の縁っていうし、聖都まで連れて行ってあげるよ」

　お金で解決できるみたいだしね。

◆

「あっさり通れたわね」

　結論から先に言うと門を越えるのにお金は必要なかった。

　オレのシガ王国観光副大臣のメダリオンを提示するだけで通行が許可され、オレが後見人になる事でライト少年も随行員の一人として入門許可証が発行されたのだ。

「お前、偉いんだな。あの門番がぺこぺこしてたぞ」

「いえすぅ～？」

「ご主人様はとってもとっても偉いのですよ」

ライト少年が興奮気味に言うと、タマとポチが嬉《うれ》しそうに答える。

「こちらも街になっていると告げます」

内側の街は地味な服装をした神殿関係者や商隊を組んだ商人の割合が多い。

なんとなく厳粛というか宗教色を感じる町並みだ。

門番から聞いておいた聖都行きの駅馬車があるという町外れへと向かう。

「低い？」

ミーアが言うように、長城結界の内側にある街を囲む壁は低い。

「本当だ。あんなに低くて魔物に襲われたらヤバいぞ」

ライト少年が壁を見ながら言う。

「がははは、そんな心配は無用ぞ」

豪快そうな体形をした商人がライト少年の言葉を聞きつけて話に入ってきた。

「このパリオン神国はパリオン神の清浄なる御《お》力で魔物がおらん」

へー、それは凄い。

言われてみればマップ検索でも確かに魔物がヒットしない。

思ったよりも神様は凄いのかもしれない。

「魔窟《まくつ》と言われる地下遺跡にはおるが、そんな場所に顔を出さない限り安全ぞ」

マップ検索しても地下遺跡は見つからなかったが、人間サイズから馬車サイズの小さな空白地帯が幾つも見つかった。この空白地帯が魔窟の入り口なのだろう。

「故に、魔窟から離れた場所を通るワシの商隊は絶対に安全ぞ」

オレ達が乗る予定の聖都行き駅馬車は彼の商隊に同行するようだ。

他《ほか》にも職人達を乗せた馬車や神殿兵見習いの子供達を乗せた馬車がある。見習いの子供達は一様に何らかのギフト――先天性スキルを持っていた。

「なんだかフラグくさいわね」

「無問題」

「イエス・ミーア。マスターがいる限り、危険はないと断言します」

信頼が厚くて嬉しいね。

「安全と断言していたわりに、ちゃんと護衛兵を付けるようですね」

「魔物がいなくても盗賊さんがいるかもしれませんし」

訝《いぶか》しげなリザにルルがもっともな回答を言う。

「がははは、この聖なる王国に盗賊などという不埒《ふらち》な輩《やから》はおらぬぞ。不信心な愚か者にはパリオン神の天罰が下って『砂漠に生まれた魔窟に呑《の》まれる』のがオチゆえ」

地獄に落ちるっていう戒め的な言い回しかな？

「とにかく、ワシの商隊は大丈夫ぞ。安全安心ゆえ、ノンビリと旅を楽しむが良かろうぞ」

そんな風に商人がフラグを立てまくったせいか――。

「――化け物だぁあああ！」

砂煙を纏《まと》ったミイラのような魔物の集団に襲われた。

◆

「ご主人様、あいつらのステータス見た？」

焦った様子のアリサが小声でオレに耳打ちした。

「今、確認したところだ」

ＡＲ表示によると、砂のミイラは「砂塵《さじん》兵」というレベル三から六ほどの魔物で、物理攻撃耐性や再生という種族特性を持つ。

まあ、そのへんは別にいい。

「曲刀が効かないぞ！　斬《き》っても血の代わりに砂が溢《こぼ》れるだけだ」

「メイスもだ！　身体《からだ》を砕いても再生しやがる！」

商隊を護衛する傭兵《ようへい》達が魔物の集団を相手に苦戦しているようだけど、傭兵達の方がレベルが高いし、ミスリル剣持ちや魔法スキル持ちがいるからなんとかするだろう。

それよりも問題は、称号欄にあった砂塵兵が魔王「砂塵王」の眷属《けんぞく》だという情報だ。

アリサが焦って耳打ちしてきたのも、この称号に気付いたからだろう。

やはり、この国に魔王がいるのは確定なようだ。

「マスター、傭兵達が砂塵兵の排除に成功したと報告します」

それは何より――。

「にゅ～？」

キョロキョロと砂丘の向こうを気にするタマの反応とほぼ同じタイミングで、レーダーに無数の赤い光点が発生した。

「敵だ！」

少し遅れて同乗していたライト少年が叫んだ。

さすがはレアな「直感」スキル持ちだ。タマの索敵には劣るもののミーアの精霊感知に近い速さで敵の接近に気付いた。

最初の襲撃では無反応だったから、スキルの発動にはバラツキがあるようだ。

「化け物どもの増援が来たぞ！」

砂塵兵を倒したのもつかの間、砂丘の向こうから最初の数十倍もの新手が現れた。

さっきのミイラみたいなヤツらに加え、蠍《さそり》人間みたいなヤツらもいる。見た目は違うが、どちらも「砂塵兵」のようだ。

「逃げろ！」

「ダメだ。囲まれてる！」

「大変ぞ！　どうにかするぞい！」

傭兵達の言葉に、商隊を束ねる商人が青い顔になる。

「ご主人様、今回はわたし達が手を出していいわよね？」

アリサが妖精鞄《ようせいかばん》から長杖《ちょうじょう》を出しながら尋ねてきた。

「不要だ」

「ういうい～」

「あっちから蹄《ひづめ》の音がしているのですよ」

タマとポチが指さす砂丘の向こうから、パリオン神国の神殿騎士達が姿を現した。

最初の砂塵兵に襲われた時に、商人の一人が信号弾を打ち上げていたから、それを見て応援に来てくれたのだろう。

「騎士様だ！」

「神殿騎士様達が来てくださったぞ！」

傭兵達や商人達も援軍に気付いたのか、希望に満ちた顔で騎士達に手を振る。

「なかなかの腕ですね」

戦いを見守っていたリザが感心したように呟《つぶや》いた。

神殿騎士達はシガ王国の精鋭である聖騎士並みの剣技を披露して砂塵兵達を殲滅《せんめつ》していく。

どの騎士も保有スキルが多めだし、無駄なスキルが皆無だ。きっと厳しい戒律に則《のっと》った修行をしてきたのだろう。

「すげー、騎士様すげー」

ライト少年が神殿騎士の活躍に目を輝かせている。

「ご主人様、あの人を見てください。長い羽根飾りの兜《かぶと》を被《かぶ》った方です」

ルルが誰《だれ》を指しているのかはすぐに分かった。

羽根飾り兜の神殿騎士が青い光を帯びた剣を持っていたからだ。

「聖剣だね」

ブルトガングという銘の聖剣だ。

たぶん、過去の召喚勇者達が遺《のこ》した聖剣だろう。

聖剣の持つ力は強く、近くを掠《かす》めただけで砂塵兵達が砂へと還《かえ》っていく。

神殿騎士達は瞬く間に砂塵兵を討伐し、負傷した傭兵達を神聖魔法で癒《い》やしてくれた。

「ありがとうございますぞ、勇者様」

商人が聖剣を持つメーザルトという名の神殿騎士に礼を言っている。

勇者と呼びかけたのは、彼が聖剣を持っていたからだろう。

「――勇者？」

羽根飾り兜のバイザーを上げた騎士メーザルトが、皮肉げに口元を歪《ゆが》めた。

「我らは名誉ある神殿騎士だ。いつまでも魔王に引導を渡せぬ不甲斐《ふがい》ないヤツと一緒にするな」

「も、申し訳ございませんぞ」

吐き捨てるように言う騎士メーザルトに、商人がぺこぺこと頭を下げる。

騎士メーザルトはそれを一瞥《いちべつ》した後、部下を率いて去っていった。

勇者ハヤトと何か確執があるのかもしれない。

「なんだか、最後の最後で嫌なヤツだったわね」

アリサが去り行く騎士メーザルトの後ろ姿に「イーッ」と歯を見せて悪態を吐《つ》いた。

パリオン神国での勇者ハヤトの戦いは、魔王以外の方面にも広がっているようだ。

オレに求められている助けが、どの方面か頭を悩ませているうちに、オレ達の乗る馬車はパリオン神国の首都、聖都パリオンへと辿《たど》り着いた。

◆

「賑《にぎ》やかだね」

駅馬車を降り、入国検査を済ませるとオレ達は白い石で作られた聖都の門を潜《くぐ》った。

全マップ探査を使ってマップ検索すると、やっぱり「自由の光」が蔓延《はびこ》っていたので、あとで信頼できる人が分かってから通報しよう。

王都で「魔神の落とし子」事件を起こしたホーズナス枢機卿《すうききょう》みたいに、オレのメニュー情報すら欺く偽装アイテムを持っている人間が司法関係者にいないとは限らないからね。現に彼と同じ偽装アイテム「盗神の装具〔贋作《がんさく》〕」を持つシープナスという名の司教がいたから、マーカーを付けてある。

「涼やか～？」

「ん、精霊いっぱい」

都市内は都市核の力で快適な湿度と温度に調整されているようだ。

強烈だった日差しも、真夏と初夏くらいの違いがある。

「ようこそ、聖都へ！」

「お疲れでしょう。こちらで綺麗《きれい》な水や食事を無料で配っております」

「パリオン神の慈悲を享受なさってください」

見目麗しい年若い神官達が、門を潜った信徒達に呼びかけている。

「うわっ、すげー！　あんなごちそうがタダだってさ！」

その大盤振る舞いに、ライト少年がはしゃいだ声をあげて振る舞いの食事を配る場所に飛んでいった。

水と平べったいパンを配っているようだ。

嬉しそうにパンにかぶりついたライト少年を、神官達が優しい目で見守っている。

「あっちに焼き魚もあったのですよ」

「ナツメヤシもあった～？」

食いしん坊の二人組も早速調査してきたようだ。

「荒れ地の中心にあるわりに、食糧が豊富なのですね」

「ここは水源が豊富なようだと告げます」

リザとナナが周囲を見回す。

「貴族様達は食べないの？」

「そうだね。せっかくだから少しいただくよ」

皆《みんな》で振る舞い料理を味見した後、勇者の従者がいる都市中央部の大聖堂へと向かう。

四本の高い塔を四方に配した巨大なドーム型の大聖堂は、都市の中ならどこからでも見えるランドマークのようだ。

「なんだか楽園みたいな場所ですね」

中央通りを大聖堂に向かっていると、ルルがそんな感想を口にした。

通りで見かける人達は穏和な笑顔に満ち、街路樹には白い花や青い花が咲き乱れている。

「今日は何かイベントでもあるのかしら？」

アリサが言うように、大聖堂前の広場はコンサート会場のように混《こ》み合っている。

「そのわりに怪我《けが》人や具合の悪そうな人が多いね」

大聖堂で無料の治療大会でも行っているのかな？

「法皇様だ！　法皇様がおいでになったぞ！」

誰かが叫ぶと、人々がその場で一斉に跪《ひざまず》いて祈り始めた。

オレ達や状況を掴《つか》めていない幾人かが取り残され悪目立ちする形になっているが、お陰で法皇のいるあたりの視界が開けた。

四方を高く掲げた布で隠しているので姿は見えないが、マップ情報からあの中にパリオン神国のザーザリス法皇がいる事が分かった。たしか「祈願魔法」が使えると言われている人だ。

――ん？

法皇の取り巻きの中に神官というより魔法使いのような感じの黒ローブがいる。フードを目深に被っていて顔がほとんど見えないが、口元の皺《しわ》を見る限り年配の男性みたいだ。

高度な認識阻害アイテムを身に着けているのか、鑑定《アナライズ》スキルだとステータスが覗《のぞ》きにくいが、AR表示によるとレベル五〇もある魔法使いらしい。服装からして聖職者じゃないのは分かっていたし、称号に「賢者」とあるから法皇の私的な相談役なのかもしれない。

たぶん、ソリジェーロという名の彼がライト少年の言っていた賢者様だろう。

「うにゅ～」

魔法使いの情報を読んでいると、タマがオレの足に顔を擦《こす》りつけてきた。人混みに酔ったのか、なんだか不安そうだ。

周りの歓声に視線を戻すと、布の向こうで青く清浄な光が巻き上がり、その光が周囲へと広がっていくところだった。光とともに布がはためき、その向こうにいた法皇の姿が見えた。白い髭《ひげ》が豊かな柔和な顔の老人だ。

「傷が治ったぞ！」

「おおっ、咳《せき》が止まった」

「娘が目を覚ましたぞ」

光を浴びた人達の怪我や病が癒えたようだ。

「ありがたや、ありがたや」

「法皇様はパリオン神の使徒に違いねぇ」

「「法皇様、万歳！　パリオン神に栄光あれ！」」

信徒達が法皇に心酔し涙を流しながら万歳三唱を始めた。

法皇は布に囲まれたまま退場していく。

去っていく時にチラリと見えた法皇は、信者達の熱狂に少し困った感じだった。案外、奥ゆかしい人なのかもしれない。

「父ちゃんの力みたいだ」

ライト少年が法皇の方を見つめながら呟いた。

「こんな力を持っていたの？」

「似たような力だよ。こんなに強くないけどね」

アリサの問いにライト少年が答える。

「もしかしたら、父ちゃんは法皇様に弟子入りしたのかも！」

ライト少年はそう叫ぶと、オレが止める暇もなく人混みの向こうに消えていった。

オレのマップ検索では少年の父親は聖都内にはいない。

「行っちゃったわね。連れ戻す？」

「いや、それはいいよ」

元々、聖都まで同行するっていう話だったから、ここで別れても問題ないのだが、小さな子供を一人放置するのは少し心配だ。

勇者ハヤトの従者と面会したら、ライト少年の世話をしてくれそうな人を探してみよう。

「それにしても法皇の魔法って凄《すご》かったわね。極めた神聖魔法ってあんなに強いの？」

「さっきのはユニークスキルだよ」

オレのマップ情報だと法皇の特殊能力《アビリティ》――ユニークスキル欄に「万能治癒《ヒール・オール》」というのがあった。

「転生者って事？」

「いや、布の向こうがチラッと見えたけど、髭やターバンから覗く髪は紫色じゃなかったよ」

もちろん、勇者の称号もなかった。

ホーズナス枢機卿みたいに一房だけ髪が紫色なのかもしれないけどさ。

「まあ、パリオン神国の法皇だし、勇者みたいに神様からユニークスキルを与えられているんじゃないかな？」

「それもそうね。あの力なら熱心な信者も増えそうだわ」

頷《うなず》いたアリサの向こうで、耳をピクリと震わせてタマとミーアが空を見上げた。

「にゅ？」

「サトゥー」

その視線の先、空中に水面が波打つようなエフェクトが現れ、銀色の船が大聖堂の傍《そば》に現れた。

「ご主人様、あれ！」

「うん、間違いない」

勇者ハヤトの御座船、次元潜行船ジュールベルヌだ。

「大聖堂の傍に現れるとは不敬な！」

「パリオン様の寵愛《ちょうあい》を盾に、無礼にもほどがある！」

「サガ帝国に厳重に抗議せねば！」

広場にいた司祭達や神殿騎士がジュールベルヌを見上げて怒りの声をあげた。

「法皇様のお部屋に乗り移ったぞ！」

勇者ハヤトの従者達がジュールベルヌのハッチからベランダに飛び移り、ベランダとハッチの間に板のようなモノを渡す。

続いて別の従者に肩を借りた勇者ハヤトが、おぼつかない足取りで板を渡るのが見えた。

勇者ハヤトの身体《からだ》から黒い煙のようなモノが出ている。

あれは良くないモノだ。

「何かあったみたいね」

「ああ、ちょっとまずい事態だ」

オレは仲間達を促し、大聖堂の入り口へ足を向けた。

呪《のろ》われた勇者

〝サトゥーです。会社では誰《だれ》が抜けても補完できるように属人性を少なくするのが理想だとお偉いさんが言っていました。もっとも現実は個人に依存する部分がなかなか減らせないんですよね。〟


「皆、行くよ！」

オレは仲間達の返事を待たず、大聖堂へと入る。

「タマ、どうしちゃったのです？」

「にゅ～」

振り返ると、大聖堂に入るのを躊躇《ためら》うタマをリザが小脇《こわき》に抱えるのが見えた。

きっと勇者ハヤトから出ていた黒い煙を嫌がっているのだろう。

気持ちは分かるが、だからといって勇者ハヤトを見捨てるわけにはいかない。

オレはタマをリザ達に任せ、勇者ハヤトの下へと急いだ。

幸いにして、大聖堂の中は混乱のただ中にあったので、途中で止められることなく勇者ハヤトのいる階へと駆けあがる事ができた。

「どうして法皇猊下《げいか》をお呼びいただけないのですか！」

「法皇様は先ほど病や怪我に苦しむ民草を癒《い》やしたばかり、少なくとも数日は御《お》力を使う事ができません」

高位神官に詰め寄る女性達がいた。

彼女達は勇者ハヤトの従者でサガ帝国のメリーエスト皇女と長耳《ブーチ》族の弓兵ウィーヤリィだ。

「ハヤトには『呪詛除去《リムーブ・カース》』が必要。ロレイヤ以上の優れた使い手を必要としている」

弓兵ウィーヤリィがメリーエスト皇女を援護する。

「メリー、法皇はまだか！　ロレイヤが症状を抑えるのも限界だ」

「ここでぐだぐだしてても埒《らち》があかねぇ。あたしが法皇の首根っこを掴んで連れてきてやる！」

ワイルドな印象を持つグラマラスな女性二人が部屋から飛び出してきた。

勇者ハヤトの従者である虎耳《とらみみ》族のルススと狼耳《おおかみみみ》族のフィフィだ。

「ま、待たれよ、従者殿！　そのような無法は我ら神殿騎士が許さぬぞ！」

「はん！　スキルも碌《ろく》に使いこなせねぇ促成栽培野郎があたし達の行く手を阻めると思うなよ」

勇者が心配なのか、今にも剣を抜いてしまいそうだ。

今気付いたがルススの左腕がない。魔王との戦いで肘《ひじ》から先を失ってしまったらしい。

オレは人混みの後ろから、メリーエスト皇女に声を掛ける。

「メリーエスト様！」

人々の視線がオレに集まる。

「……サトゥー？　どうしてここに？」

「パリオン神の啓示を受けて参りました」

詐術スキルの助けを借りて、もっともらしい理由を告げる。

あの青い髪の謎《なぞ》幼女が何者かは分からないが、勇者ハヤトを助ける為《ため》にオレをここに寄越《よこ》したのだから、本当にパリオン神である可能性が高い。

「下級ですがエリクサーもあります」

下級じゃないエリクサーは、ビスタール公爵領で「竜の吐息《ドラゴン・ブレス》」に焼かれたシガ八剣「草刈り」リユオナ女史を助けるのに使ってしまった。

エリクサーを自作する為の中間素材は全《すべ》て揃《そろ》っているので、一度ボルエナンの森に戻って錬成してこないとね。

「本当か、サトゥー！」

「すぐにハヤトに使ってくれ！」

ルスとフィフィがオレの手を掴んで部屋の中へと引っ張りこむ。

「リーン！　ロレイヤ！　サトゥーが下級《レッサー》エリクサーを持ってきてくれたぞ！」

この部屋は法皇の私室らしい。広い部屋の一角にある応接セットの長椅子《ながいす》に勇者ハヤトが寝かされていた。顔色が土気色だ。ＡＲ表示される彼の状態は「穢《けが》れ」になっている。呪詛《じゅそ》による「呪い」とは少し違うらしい。

勇者ハヤトが寝かされた長椅子の前には、勇者の従者である「天破の魔女」リーングランデ嬢とおっとりした印象の神官ロレイヤがいた。

「エ、エリクサー?!」

「エリクサーを早く！」

リーングランデ嬢がこちらに手を伸ばす。

その美貌《びぼう》に一筋の傷が走り右目に眼帯を付けている。魔王との戦いはなかなか激戦だったらしい。

そんな彼女の手に、懐経由でストレージから取り出した二本の下級エリクサーを落とさないように握らせる。

リーングランデ嬢と神官ロレイヤがこちらに身体を向けた事で、今まで見えなかった勇者ハヤトの患部が見えるようになった。

鎧《よろい》が外され剥《む》き出しになった右腕が、皮膚を失ったかのように筋肉繊維が剥き出しになり、血管が青黒く浮き出て別のイキモノのように蠢《うごめ》いている。

その腕のあたりから黒い煙が漏れ、その中に稲光のような黒線が揺らめいていた。

——なんだか厭《いや》な感じがする。タマが近付くのを嫌がるはずだ。

それにこの黒い線には見覚えがある。

シガ王国の王都で「魔神の落とし子」を倒した時に、天竜の鱗《うろこ》に潜り込もうとしていた残滓《ざんし》にそっくりだ。

「ハヤト！　口を開けて、エリクサーよ」

リーングランデ嬢が勇者ハヤトの口に下級エリクサーを流し込むと、魔法陣のようなモノが患部を覆うように現れ、黒い煙をかき消して腕を健康な状態へと再生していく。

「ああ、ハヤト……」

リーングランデ嬢が感極まったように勇者ハヤトの名を呼ぶ。

だが、彼女を嘲笑《あざわら》うかのように、稲光のような黒線が勢いを取り戻し、勇者ハヤトの腕を異形へと変えていく。

「――そんなっ」

すぐさまもう一本の下級エリクサーも投与されたが、先ほどの繰り返しになるだけだった。

「サトゥー！　エリクサーはもうないの？」

まだあるけれど、勇者ハヤトの負担が増えるだけだ。

オレは彼の傍らに進み出る。

「サトゥー、瘴気《しょうき》視《し》」

後ろからミーアが助言してくれる。

リーングランデ嬢や神官ロレイヤに瞳《ひとみ》を見られないように顔を伏せて瘴気視を発動すると、黒い線の先が無数に枝分かれして勇者ハヤトに絡みついているのが見える。

ララキエ事件の時に出会った半幽霊《ハーフ・ゴースト》のレイアーネを苦しめていた呪いに似ている。

呪術による体系立った整然とした呪いではなく、もっと根源的な呪詛の類《たぐ》いのようだ。

それならば経験がある。

オレは黒線に手を伸ばす――。

「――待ちなさい！」

オレの手を神官ロレイヤが掴《つか》んで止める。

「それに触れた騎士が死んだわ。それは目に見えるほど濃い呪詛なの」

「魔神の落とし子」事件の時に、黒線の残滓に触れて裏返って死んだ魔物の姿が脳裏を過《よぎ》る。

「大丈夫ですよ。経験があります」

オレは懐経由でストレージからネタ装備の手袋を取り出す。

余興用に作ったヤツで、手の甲にオリハルコンの糸で魔法陣が縫ってあり、魔力を流すと魔法陣が光って浮きあがる。

オレは魔法陣手袋を嵌《は》めると聖刃を作る時の感覚を思い出しながら魔力を流す。

「――青い魔法陣？」

「はい、呪詛払いに用いる聖具です」

詐術スキルの助けを借りてそう言うと、神官ロレイヤもオレの手を離してくれた。他《ほか》の従者達もオレに任せてくれるようなので、改めて勇者ハヤトに手を伸ばす。

ぞわりと肌が粟立《あわだ》つ。

これはただの呪詛じゃない。「あれに触れるな」と危機感知スキルが凄《すさ》まじい勢いで警告を発している。

思わず手を引っ込めたくなったが、そうするわけにはいかない。

ここで手を引けば、目の前で苦しむ友人《ハヤト》が確実に死んでしまう。

オレは呪詛耐性スキルを信じ、呪詛解除スキルや呪詛返しスキルを意識しつつ勇者ハヤトを救うべく黒線を掴んだ。

指先から脳天に向けて、亡者の軍勢が怨嗟《えんさ》の声をあげながら迫ってくる幻が見える。

オレは腕に聖刃を纏《まと》わせ、それらを全て浄化してやる。

指先が冷たい。手袋で見えないが、オレの指も呪詛に侵され始めているようだ。あまり悠長にはしていられない。

オレは呪詛解除スキルの助けを借りて勇者ハヤトから黒線を引き剥《は》がす。そうはさせじと黒線も抵抗し、ハヤトの精神と肉体に呪詛の根を広げようとする。

「ぐあああああああああああああああ」

活発になった呪詛が勇者ハヤトを責めさいなむ。

オレは「魔力治癒」スキルの助けを借りて、呪詛の根をオレの魔力で包み込んだ。勇者ハヤトの表情が僅《わず》かに和らぎ絶叫が途絶えた。

だが、呪詛の根は棘《とげ》のようなモノを生やして、魔力の膜を突き破らんと悪あがきを始める。

「ぐおおおおおおおおおおおおおおお」

勇者ハヤトの食いしばった口元から血が流れる。

――このままだとマズい。

さっきと同様に、呪詛の根を包む魔力の膜を聖なる力へと変換した。

呪詛の根から生えた棘が聖なる力に焼かれ萎縮《いしゅく》する。

――よし。

勇者ハヤトの身体《からだ》を蝕《むしば》む呪詛の根を一本一本丁寧に剥がしていく。

「ぬああああああああああああああ」

呪詛の根が最後の悪あがきをする。

勇者ハヤトが絶叫をあげ、身体中から血を噴き出した。

オレが指示するまでもなくリーングランデ嬢が魔法薬を振りかけ、神官ロレイヤが発動を保留していた神聖魔法で傷を癒やす。

勇者ハヤトの身体に瘴気が残留しているせいか、傷の治りが遅い。瘴気が神聖魔法の効果を阻害しているようだ。

オレは瘴気を祓《はら》う為に普段は封じている精霊光を解放した。この国に精霊視スキルを持つ者はいないから全力全開だ。

それが功を奏したのか、神官ロレイヤの治癒魔法が本来の効果を発揮しだした。

――今だ。

周りの連携に感謝しつつ、オレは勇者ハヤトの心臓を締めあげていた呪詛の根の本体を引き剥がしてみせた。

黒線を掴んだ手の先で、うぞうぞと呪詛の根が蠢く。引き剥がしたくらいでは滅びてくれないようだ。なかなかしぶとい。

オレは引き剥がされてもなお抗《あらが》う呪詛の塊に集中する。

精霊光を浴びても消える様子がない。投網のように広がってオレを包み込もうとする黒線を、留め金を外した日光避《よ》けのマントで更に包み込む。

もちろん、そんな事で実体を持たない呪詛たる黒線をどうにかできるわけがない。

オレの目的は別だ。

マントが黒線を包んだ瞬間、その中でストレージから抜き身の神剣を取り出したのだ。

神剣に触れた黒線は、熱したフライパンに水滴を落としたような音を立て、漆黒の刃《やいば》に吸われて消えた。

すばやく神剣をストレージに収納し、マントは地面に落ちるに任せる。

いつの間にか額に浮かんでいた汗を袖《そで》で拭《ぬぐ》って、小さく吐息を漏らした。

「終わった、の？」

「ええ、あとはロレイヤ殿の診断待ちですが、もうハヤト様から厭な気配は感じません」

呆然《ぼうぜん》とする弓兵ウィーヤリィに首肯する。

しばらくは衰弱状態だろうけど、勇者ハヤトの体力ならすぐに回復するだろう。

オレは「行ってあげてください」と弓兵ウィーヤリィの背中を押すと、離れて見ていた他の従者達も勇者ハヤトの傍《そば》に駆け寄る。彼を囲む輪から離れ、こっそりと手袋の下を確認する。

――黒い。

指の第一関節までが黒く変色している。

天竜から「魔神の落とし子」の欠片《かけら》を剥がした後の黒腕と同様の症状だ。

やはり、さっきのは「魔神の落とし子」が残した残滓と同種のモノだったようだ。

「大丈夫《だいじょうぶ》～？」

「ご主人様、何があったの?!」

オレの異変に気付いた仲間達が駆けてきた。

「大丈夫だよ」

対処方法は分かっている。

指を切り落として上級魔法薬で再生すれば——あれ？

黒化した指の色が指から爪《つめ》に移動している。

何があったか分からないが、指よりは爪の方がマシだ。最大まで上げた苦痛耐性スキルを有効に切り替え、パキパキパキッと剥がしてから自己治癒スキルで再生した。

それでもちょっと痛かったけど、指先をぶつけた程度の鈍い痛みが一瞬だけだったので、仲間達に気付かれる事もない。

黒線の呪詛が染みこんだ爪はストレージへと収納し、仲間達とともに勇者達の下へと戻った。

◆

「サトゥー！　ありがとう！　本当にありがとう！」

リーングランデ嬢が抱きついてきて、涙を流しながらオレに何度も礼を言う。

アリサとミーアが後ろで「ぐぬぬ」とうめき声を漏らしているのが気になるが、特に割って入ってくるような事はないようだ。

「サトゥー、ありがとな！」

「感謝するぜ！」

ルスとフィフィの二人もリーングランデ嬢の上からハグしてくる。

「私からも感謝を」

クールな弓兵ウィーヤリィは抱きついてくる事こそなかったが、神妙な顔でお礼を言われた。

「手はなんともありませんか？」

「ええ、この通り」

心配そうな顔の神官ロレイヤがオレの手を見る。

手袋の魔法陣が魔力の流しすぎで焼けてしまったが、黒化して剥がした爪も再生済みなのでいつも通りの手だ。

「聖具が守ってくれたのですね」

「ええ、勇者様のお役に立てたなら、聖具も満足でしょう」

余興には使えなかったが、これだけの観衆の中で活躍したのだから、手袋も本望に違いない。

「本当に助かったわ。先ほどの下級エリクサーも含めて、あとでサガ帝国から感状と謝礼を必ず」

オレの手を取ったメリーエスト皇女が、従者を代表して勇者救助の対価について口にした。

感状や謝礼は不要だけど、ここでそれを言うのも角が立つので「お気遣いなく」とだけ言っておいた。

「これは何の騒ぎだ！　ここが法皇様のお部屋だと知っての狼藉《ろうぜき》か！」

血管が切れそうな顔の高位神官が部屋に飛び込んできた。

彼の後ろからは数人の神殿騎士や神殿兵達が付き従っている。

「これは枢機卿《すうききょう》猊下《げいか》。こたびは勇者様の命が懸かっておりましたゆえ、無作法につきましてはご寛恕《かんじょ》いただければ幸いです」

メリーエスト皇女が枢機卿に対応する。

「ご寛恕だと?!　法皇様がお優しい事につけ込んで――」

「そのくらいにしなさい、ドーブナフ」

「ほ、法皇様！」

入り口を埋めていた神殿兵達を割って現れたのは、さっき大聖堂前で人々を癒《い》やしていた白髭《しろひげ》のザーザリス法皇だ。

「神から与えられた癒やしの力は使えぬものの、神聖魔法で手助けできればと参ったのだが……その様子から見て、少し遅かったかな？」

「法皇猊下のお心遣い、勇者ハヤト様に代わりまして御礼《おれい》申しあげます」

気さくな法皇の前でメリーエスト皇女が頭を下げる。

「容体が回復したなら、さっさと勇者を連れて出て行けば良いものを――」

法皇は「ドーブナフ、そのように言うものではありません。勇者様は神敵たる魔王との戦いで傷付かれたのですよ」と枢機卿を窘《たしな》めた後、「メリーエスト殿、勇者殿が回復されるまで私の寝室をお使いなさい」と言って部屋を出て行く。

さすがに「はいそうですか」とはいかないようで、危険な状態を脱した勇者ハヤトをフィフィと弓兵ウィーヤリィが担架に乗せて彼に与えられている区画へと移動した。

◆

「ロレイヤ、ハヤトはいつ目を覚ますんだ？」

「魔王の呪詛《じゅそ》で衰弱していますから、しばらくは眠ったままでしょう」

ルススの質問に神官ロレイヤが答える。

「あなた達も魔王との戦いで疲れているでしょう？　ここは侍女達に任せて少し眠ってきなさい」

メリーエスト皇女がそう促したが、従者達は勇者ハヤトを心配して誰《だれ》一人として部屋から出て行かない。

結局、メリーエスト皇女はそれを認め、鎧《よろい》を脱いで楽な格好をするようにとだけ言いつけた。

「そういえばサトゥー、さっき『神の啓示を受けて参りました』って言っていたけど、神託でも受けたの？」

着替えて戻ってきたリーングランデ嬢の質問に首肯し、神託らしきモノを受けた状況を伝える。

「――ロレイヤ」

一緒に聞いていたメリーエスト皇女が、神官ロレイヤに声を掛けると、彼女はゆっくりと首を左右に振った。

「神託の巫女《みこ》達からそんな話は聞いた事がありません」

神官ロレイヤが硬い声で言う。

「神話で語られるパリオン神は幼い女の子の姿だと言われていますが、巫女達やハヤトから聞かされたパリオン神は青い光の化身です。その子の予言のお陰でハヤトが助かったのは確かですが、私はその子がパリオン神の化身だとは……」

「本人もパリオン神だとは名乗っていませんでしたし、神託の力を持つ精霊や妖精《ようせい》だったのかもしれませんね」

オレは詐術スキルの助けを借りて話を合わせておく。

ずいぶん印象は違ったけど、狗頭《くとう》戦で助けてくれた謎《なぞ》幼女だったかもしれないし。

「ねぇねぇ、魔王と戦ったんでしょ？　どんな魔王だったの？」

重苦しい空気を振り払うように、明るい声でアリサが問いかけた。

「一言で言うと――」

アリサの意図を察したフィフィがすかさず答える。

「――逃げ足が速い」

「へ？」

「身代わりを残したり、雑魚を嗾《けしか》けたりしてすぐに逃げちまうんだよ」

意外な答えに言葉を詰まらせたアリサに、ルススがフィフィの言葉を補足した。

「でも、強い事は強いぜ？　あたしの腕はこんなんだし、フィフィの腕や足もいっぺんぶった切られた」

「痛そ〜？」

「魔法薬ぶっかけて傷を塞《ふさ》いだから、痛くはないぜ」

心配するタマに、ルススが笑顔で応《こた》える。

「今回は危なかった。ハヤトがいなかったら、全滅させられていたかも」

壁に凭《もた》れた弓兵ウィーヤリィが、ぽそりと呟《つぶや》いた。

それを耳にしたリザが問いかける。

「今回の魔王は逃げなかったのですか？」

「いんや、逃げた。魔王が逃げる時に投げつけた玉が割れて、ハヤトが呪《のろ》われたんだ」

答えたのはフィフィだ。

オレのマップ検索でも魔王がヒットしないから、既知のパリオン神国マップの外側にいるのだろう。

「魔王は怖いヤツなのです？」

「見た目は砂色の蠍《さそり》と人間をくっつけて、でっかくしたみたいな感じだな。前傾姿勢で尻尾《しっぽ》が長い」

「蛇腹になった伸縮自在の長い尻尾で、死角から足を刈りに来るから要注意だぜ」

ルススとフィフィがポチとタマに魔王の事を教えてくれた。

身振り手振りで説明するルススの途中で途切れた腕が目に入った。

「再生させないのですか？」

少し気になったので、そうルススに尋ねる。

「魔王に食いちぎられた時に呪われたのか、ロレイヤの上級魔法でも治らなかったのさ」

「私の目も同じ。あとで法皇様の『聖なる光』で治癒できないか試していただくわ。ダメならダメで構わないし」

リーングランデ嬢はそう言いながら眼帯からはみ出た傷跡を指でなぞる。

手で隠しながら瘴気《しょうき》視《し》で見てみたが、リーングランデ嬢とルススの患部に瘴気の痕跡《こんせき》が残っていた。その痕跡も見ているうちに薄れていく。オレがさっきから全開にしたままの精霊光が浄化しているようだ。

「時間が経《た》って呪いが薄れているかもしれません。魔法薬を使ってみてください」

オレはそう言って、必要本数の上級魔法薬をリーングランデ嬢とルススに渡す。

腕が欠損しているルススには、大瓶に入った濃縮栄養補給剤を一緒に渡しておいた。これを一緒に飲まないと一時的に衰弱しちゃうからね。

「もしかして、上級の回復薬？　そんな貴重なモノを試しで使うのは――」

「大丈夫です。まだ一〇本以上ありますから、気にせずお使いください」

オレがそう言うとリーングランデ嬢とルススが魔法薬を飲み干す。

「――くぅうっ」

「——きゅぅうう」

リーングランデ嬢が眼帯に覆われた目を押さえ、ルススがソファーに身を投げ出して悶《もだ》える。

再生する時って痛痒《いたがゆ》いんだよね。

「生えた！　あたしの手が生えたぞ！」

「見える。まだ少しぼんやりしているけれど、見えるわ！　ありがとう、サトゥー！」

笑顔の二人がオレを抱きしめる。

鎧を着ていたさっきと違って、至福の感触が左右からオレの顔を挟み込んだ。

楽園はここにあったのかもしれない。

「ぎるてぃ」

「ちょっと！　慎みが足りないわよ！」

安定の鉄壁ペアが神速で割り込んできた。

オレは失楽園な気分を味わいながら、二人を宥《なだ》める。

「ちっこくても女だな」

「ごめんなさい、二人とも。別にサトゥーを取ったりしないから怒らないで」

ルススが笑い、リーングランデ嬢がアリサとミーアに詫《わ》びる。

「あたしも足をもういっぺん切り落として繋《つな》ぎ直すかな？　なんか違和感があるんだよな」

腕を曲げ伸ばしするルススを見て、フィフィがそんな痛そうな事を言い出した。

「繋ぐ時にズレたか？」

「それは大丈夫っぽいんだけど、なんか力が抜ける時があるんだよ」

術理魔法で透視してみると、フィフィの膝の関節部分に小さな石片らしきものが見えた。これが違和感の原因だろう。

前にキメラ兵士達から「針」を抜いた時の要領で除去しようと思ったが上手《うま》くいかない。魔法薬で癒着してしまったせいで、身体《からだ》の一部と判定されてしまっているのかも。

「少し診てみましょうか？」

「できるのか？」

「ええ、それに向いた道具があります」

治癒のルーンを刺繍《ししゅう》した手袋を格納鞄《ガレージ・バッグ》経由でストレージから取り出す。

これはアリサが王立学院の実習で作ってくれた手袋だ。掠《かす》り傷程度なら数回撫《な》でるだけで治るので、ポチやタマが転んだ時などに重宝している。

「足を出してください」

「セクハラ」

「違うよ、ミーア。膝《ひざ》の治療をするだけだよ」

確かに最初の言い方だと、セクハラっぽかったかもしれない。

「まあ、足を撫でられるくらい構わないぜ」

ソファーに腰掛けたフィフィが、色っぽい仕草でブーツから足を抜いてオレの方に差し出す。

歴戦の戦士を思わせる傷跡があちこちにあるが、しなやかな足はなかなか魅力的だ。

「では治療を始めます。力を抜いてください」

　オレは魔力治癒スキルを発動し、フィフィの関節に癒着した小さな石片を分離する。

　分離さえ終われば後は簡単だ。魔法的な念力《サイコキネシス》の「理力の手《マジック・ハンド》」で小さな石片を包み込み、そのまままストレージへと収納する。

「終わりました。違和感はありませんか？」

「もう終わったのか？」

　フィフィはソファーから立ち上がると、数回ほど屈伸した後、戦闘の型を繰り返して感触を確かめた。

「すげぇ、違和感がなくなったぜ！　やるなサトゥー」

　フィフィがバンバンとオレの背中を叩《たた》いて褒めてくれた。ちょっと痛い。

　その後に弓兵ウィーヤリィの肘《ひじ》や神官ロレイヤの肩を同じように見る羽目になった。後者は魅惑の谷間に視線がいかないようにするのが少し大変だったよ。

「勇者様が目覚められたら、逃げた魔王を追跡されるのですか？」

「追いかけるっていうか、もう一度捜し回る感じかな」

「転移が得意な魔族が協力しているみたいでさ、サガ帝国の空間魔法使いだと痕跡を追いかける事もできないんだよ」

　その言葉に、アリサが「空間魔法か……」と小さく呟いた。

「どこに逃げたのかは分かっているのですか？」

「たぶん、魔窟《まくつ》のどっかだ」

「なんでか魔王のヤツ、パリオン神国の国境外には出ないんだよ」

ルススとフィフィがオレの質問に答える。

「魔王と出会ったのは三回。最初の二回は遭遇と同時に逃げられた」

「あれ？　もっと会ってなかったっけ？」

「どれも偽者ね。偽者とは九回くらい会ったかしら。見た目は魔王にそっくりだけど、どれも砂塵《さじん》兵と融合した中級や下級の魔族よ」

　フィフィの疑問にメリーエスト皇女が答える。

「砂塵兵って、あの砂っぽいのよね？」

「ええ、あれは弱いのはとことん弱いけれど、魔王の眷属《けんぞく》なのよ」

　アリサの問いに答えたのはリーングランデ嬢だ。

　その砂塵兵のせいで魔王の気配が魔窟中に広がって、風魔法や空間魔法でも魔王が潜んだ魔窟を突き止めるのが難しいらしい。瘴気濃度を計測したり、占星術による占いをしたりして絞り込んだ後は、人海戦術で探し当てるそうだ。

「魔窟ってそんなにいっぱいあるの？」

「知られているだけで、一万箇所くらい出入り口があるらしいぜ」

　それは凄《すご》い。確かにパリオン神国のマップには、小さな空白地帯が多いけどさ。

「一万は多いわね。魔力溜《だ》まりにしては多いから、遺跡の類《たぐ》いなんだろうけど」

「この国には昔、魔神牢《ろう》と呼ばれる迷宮があったらしいわ」

——魔神牢。

嫌なネーミングだ。

「魔神って月に封印されているんじゃないの？」

「やっぱ、そう思うよな」

「あたしらだけじゃなかったぜ」

アリサの疑問を聞いたルススとフィフィが喜ぶ。

「違うの？」

「『魔神を封印した牢獄《ろうごく》』じゃなくて、『魔神が作った牢獄』という意味らしいわ」

口にはしなかったが、魔王は魔神牢に収監された何かを解き放つ為《ため》に、パリオン神国から逃げ出さないのではないか——なんて嫌な想像をしてしまった。

間違っても、「魔神の落とし子」みたいなヤバイのは出てきてほしくないね。

「今では魔神の名を忌避して『魔窟』って呼ばれているの」

「千数百年ほど前までは迷宮があったらしいわ。今ある魔窟は、その迷宮が崩壊した後の残骸《ざんがい》って言われているのよ」

オレの脳裏に「迷宮核《ダンジョン・コア》」を壊されて崩落したクボォーク王国の迷宮が過《よぎ》った。

あんな感じに崩れて千数百年も経てば、こんな風になるのだろう。

魔窟は国中に出入り口があり、中で繋がっている出入り口も多いそうだ。全部で千数百箇所近い構造体を持つらしい。

大小様々な規模があり、特に大きい五箇所のどこかで魔王や偽者と遭遇しているそうだ。

◆

「勇者様！　勇者様はご無事か！」

ドタバタと音がして黒い鎧《よろい》の騎士が部屋に飛び込んできた。

ＡＲ表示によるとサガ帝国の騎士らしい。ジェントルマンな髭《ひげ》がよく似合っている。

「リュッケン殿。勇者様は無事です。今はお休みですので、大きな声はご遠慮ください」

神官ロレイヤが黒騎士を窘《たしな》める。

「おお、すまんすまん。アルカディアを飛ばしてきたのだが、少し遅かったようだ」

アルカディアというのはサガ帝国の高速飛空艇の名前らしい。

古典名作アニメの影響で艦首に髑髏《どくろ》マークを想像してしまったが、さすがにそれはないだろう。

「うむ？　なにゆえ、勇者様のお部屋に子供が？」

黒騎士がオレ達を見下ろしながら、誰《だれ》にともなく尋ねた。

「サトゥーはハヤトの恩人よ」

「恩人？」

「はじめまして、騎士殿。私はシガ王国ムーノ伯爵の家臣で――」

「シガ王国？　あの裏切り者の勇者が作った国の人間が何をしに来た！」

オレの名乗りを遮って、黒騎士が叫ぶ。

それにしても、「裏切り者の勇者」？

それが王祖ヤマト――ヒカルを指しているのはすぐに分かった。

彼がシガ王国を嫌っている事も。

ヒカルが貶《けな》されたのは許しがたいが、「坊主憎けりゃ袈裟《けさ》まで憎い」どころか「袈裟が憎くて坊主を罵倒《ばとう》する」ようなタイプには何を言っても無駄だろう。

言い返しても、相手を喜ばせるだけだ。

「啓示を受けて、勇者様の助けになりに参りました」

「貴様のような小僧に何ができる」

「止《や》めなさい、リュッケン！」

リーングランデ嬢がオレと黒騎士の間に割って入った。

「そういえば貴公もシガ王国の出身だったな」

「それがどうしたの？　今の私はシガ王国の公爵令嬢である前に、勇者ハヤトの従者よ」

「リーン、仲裁に入ったあなたが喧嘩《けんか》を買ってどうするのですか。リュッケン、ウィーがサトゥーの事を勇者様の恩人だと言ったのを聞いていませんでしたか？」

「……殿下」

偉そうな黒騎士も、サガ帝国の皇女には逆らえないらしい。

「ごめんなさい、サトゥー。リュッケンの無礼は私が謝るわ」

気にしていませんよと言った後、彼女の立場を考えて「謝罪を受け入れます」と答えておいた。

「……うぅ」

小さなうめき声を聞き耳スキルが拾ってきた。

どうやら、騒ぎすぎて勇者ハヤトを起こしてしまったようだ。

「ハヤト！」

「リーンか……ここは聖都か？　魔王はどうなった？」

勇者ハヤトが自分を覗《のぞ》き込んだリーングランデ嬢に問いかける。

まだ意識が朦朧《もうろう》としているようだ。

「魔王は逃げたわ。覚えてない？」

「いや、覚えている。また、振り出しに戻ったか……」

勇者ハヤトは悔しそうな顔で、持ちあがらない手を強く握りしめる。

まだ治療したばかりで腕が痺《しび》れているようだ。

その視線がこちらを向いた。

「――サトゥー？」

「お久しぶりです、ハヤト様」

軽く会釈する。

「彼が魔王の呪《のろ》いを取り除いてくれたのよ」

「そうか。感謝するぜ、サトゥー」

勇者ハヤトが男臭い笑顔で礼を言う。

「たまたま、解呪《かいじゅ》向きの道具を持っていただけですよ」

変な二つ名が付きそうだったので、詐術スキルの助けを借りて、彼の呪詛《じゅそ》を解けた功績を手袋のお陰だと言っておく。

「勇者様」

「リュッケンか——悪いがまた調査協力を頼む」

「お任せください。配下の偵察隊を調査に派遣いたしましょう」

勇者ハヤトに頼られて黒騎士が得意げな顔で従者達を見回す。

オレの知る限り勇者パーティーには斥候がいないから、魔王がいる場所の調査はサポート・メンバーに外部委託《アウトソーシング》しているようだ。

「では、さっそく偵察隊に出立を命じて参ります」

「——待って」

飛び出していこうとする黒騎士をメリーエスト皇女が止めた。

「あなたの部隊も疲れているはずよ。魔王の痕跡《こんせき》を調べているセイナ達が戻るまで待機していて」

「我が配下に軟弱者はおりません。それにあのチビ助従者殿が魔王の痕跡を見つけられるとは思えませんな。これまで通り、我らは我らの偵察隊のみで探索を行います」

公都では会わなかったので面識はないが、セイナというのは勇者の従者らしい。

「また単独で調査する、と？」

「いかにも」

「それで偵察隊にどれほどの被害が出たか忘れたのですか？」

「戦いに犠牲は付きものです」

メリーエスト皇女の苦言も、黒騎士には馬耳東風のようだ。

「調査は大変なんですか？」

「ええ、魔窟は迷宮並みに中が入り組んでいるうえに、敵や厭《いや》らしい罠《わな》が多いから」

隣にいたリーングランデ嬢に尋ねたら、そんな答えが返ってきた。

そういう事なら、オレも調査に参加しよう。

「ハヤト様、非才の身ですが私もお手伝いします」

「——実戦も知らぬようなシガ王国の貴族に何ができる！」

オレが協力を申し出た瞬間、黒騎士がトゲトゲしい声で否定してきた。

自分の領分を荒らされたと感じたようだ。

「これでも探索者ですから、迷宮の中を探し回るのは得意なんですよ」

厳密には魔窟は迷宮そのものじゃないけど、似たようなモノだ。

全マップ探査の魔法とメニューのマップ機能を組み合わせれば、普通に探すより何倍も速く見つけられるだろう。

なんなら、黒騎士達の手伝いというポジションでも構わない。

「我が偵察隊にも探索を得意とする風魔法使いや斥候達が――」

「――リュッケン」

なおも文句を言おうとする黒騎士を止めたのは、メリーエスト皇女に身体《からだ》を支えられた勇者ハヤトだ。

「俺様はサトゥーの申し出を受けるつもりだ」

「勇者様は我らの力をお疑いか！」

「もちろん、お前達の力は信頼しているさ。だけど、俺様はサトゥーの事も同じくらい信頼している。彼は俺様の友人なんだ」

黒騎士は不満そうだが、勇者ハヤトにここまで言われてはそれ以上文句を言い募る事はできないようだ。魔窟に残した部下達に勇者の無事を報告してくると言って部屋を出て行った。

「力を貸してくれサトゥー」

「ええ、微力を尽くします」

オレに向けて差し出した勇者ハヤトの手を、オレは固く握りしめた。

◆

「うふふ、素敵な友情ですわね」

アリサが余所行《よそゆ》きのお淑《しと》やか口調と仕草で勇者ハヤトに話しかける。

「勇者様、お見舞い申しあげますわ」

「マイハニー！」

勇者ハヤトがアリサを見て嬉《うれ》しそうに相好を崩した。

アリサの後ろにいたタマやポチが、アリサの額に手を当てて「ねつ～？」「大変なのです」と慌てる。

そんな二人は場の空気を読んだリザが回収してくれた。

「君のお見舞いで元気百倍――」

嬉しそうな笑顔で答える勇者ハヤトが、言葉の途中で固まった。

「どうかなさいまして？」

そう尋ねるアリサに答える事なく、勇者ハヤトの首がグルンとこちらを向いた。

「サトゥー！　お前、何をした！」

ふらふらの身体でオレに詰め寄る。

「まさか、お前……ハニー達に魔人薬を使ったのか？」

「――いいえ？」

突然どうしたんだろう？

それより、顔が近い。

「なら、どうして、この子達はレベル五四もあるんだ！」

勇者ハヤトがズバンッと音がしそうな勢いで腕を振って、熱い口調で問う。

最初は意味が分からなかったけど、魔人薬にレベルが上がりやすくなる効果がある事を思い出して、勇者ハヤトの勘違いの理由に思い当たった。

それにしても、衰弱状態なんだから無理はしないでほしいね。

「迷宮で修行した〜？」

「すごくすごく頑張ったのです！」

「ご主人様の素晴らしい支援と装備のお陰です」

獣娘達がオレに代わって答えてくれた。

「セリビーラの迷宮で魔物が枯渇しそうな勢いで連戦したり、魔物の領域を殲滅《せんめつ》したりしていただけですよ」

話がややこしくなりそうだったので、ムーノ伯爵領での都市奪還作戦や王都の赤縄事件での大活躍は伏せておく。

「そうだったのか……疑うような事を言ってすまん」

頭を下げる勇者に、仲間達が楽しそうに修行の内容を話す。

タマとポチが禁則事項に触れそうになった時は、アリサとミーアが上手《うま》く話を逸《そ》らしてくれた。

なぜか、話が進む度に勇者ハヤトの従者達が「マジか」「鬼畜」「サトゥーって見かけによらず……」と呆《あき》れた顔で呟《つぶや》いていた。

オレとしては安全マージンを確保して効率の良い修行をしていたつもりだが、話だけを聞いていたら安全度外視で不眠不休の特訓をしていたように聞こえるのかもしれない。

まあ、アリサやルルが肉祭りやお昼寝タイムについて言及していたから大丈夫だろう。

「ご無事ですか、ハヤト様！」

小柄な女性が部屋に飛び込んできた。

アリサとルルの中間くらいの背丈だったので、子供が飛び込んできたのかと誤解しかけたが、顔は年齢相応だし、ボディラインのメリハリも十分なので、すぐに大人の女性だと分かった。

「よう、リロ。俺様なら大丈夫だ」

「――良かった」

勇者ハヤトの無事な姿を確認した女性が、ほっと一息吐《つ》いた後、スカートの裾《すそ》や乱れた髪をささっと直す。慌てていた表情も、髪の乱れが直ると同時に消えた。

「失礼いたしました。ジュールベルヌが大聖堂の上空に現れ、法皇猊下《げいか》のお部屋に横付けしたと耳にしたので、ハヤト様に一大事でも起こったのかと思って」

「死にかけたのは本当だぜ？　サトゥーのお陰で助かったんだ」

「――サトゥー？」

首を傾《かし》げる女性の視線がオレを捉《とら》えた。

「サトゥー、紹介するぜ。こいつはリロ。二人いる書記官の一人で、俺様の仲間だ」

彼女も勇者ハヤトの従者らしい。他《ほか》にもノノという無口な書記官がいて、今はサガ帝国に物資の補充交渉に向かっているそうだ。

「初めまして、リロさん。私はシガ王国ムーノ伯爵家家臣、サトゥー・ペンドラゴン子爵と申します」

「ご丁寧にありが――」

「子爵?!」

書記官リロの言葉を遮って、リーングランデ嬢が驚きの声をあげた。

「リーン、ご挨拶《あいさつ》の途中ですよ」

「ごめん、リロ。それよりも、子爵ってどういう事？　公都で会った時は名誉士爵だったじゃない」

「色々あって年始の王国会議で陞爵《しょうしゃく》いたしました」

「色々って何よ？　『階層の主《フロア・マスター》』を倒したっていうのはさっきあの子達から聞いたけど、それでも名誉男爵か永代准男爵が妥当なところでしょ？」

誤魔化《ごまか》そうとしたのだが、リーングランデ嬢からの追及の手が緩まなかったので、公になっている功績を語る。主に魔族退治や迷賊退治の話だ。

「それほどの力があるなら、ぜひともご協力いただきたいですね」

「心配するな、リロ。既にサトゥーの協力は取り付けてある」

勇者ハヤトが男臭い顔で親指を立てる。

「さすがはハヤト様。素晴らしい人脈です」

書記官リロが「皆様の部屋を手配して参ります。細かい打ち合わせは後ほど」と言って部屋を出て行った。

彼女が部屋に戻ってくる前に、部屋の片隅に置かれていた魔法装置がジリリンと鳴る。

『こちら、セイナ。ハヤトは大丈夫？』

魔法装置から少し軽い感じの女性の声がする。

あれは通信用の魔法装置だったらしい。

『ああ、大丈夫だ』

『ハヤト！　良かったー。ずっと心配だったんだよー』

『それより、何か手がかりはあったか？』

『そっちはぜんぜんダメ。頑張って捜したけど、魔王の痕跡は辿《たど》れなかった。偵察隊も引きあげるっていうから、ボクも一緒に帰るよー』

『分かった。帰り道も油断するなよ』

『もちろんさ！　ボクの辞書に「油断」っていう文字はないんだからね！』

リーングランデ嬢が「セイナは斥候担当の仲間よ」と教えてくれた。

その会話が終わるタイミングで、書記官リロが戻ってきて勇者ハヤトにしばらく眠るように勧め、従者達にも休息を取るように指示していた。

彼女は勇者パーティーのマネージメントを担当しているようだ。

そんな彼女にライト少年の事を相談したところ、彼の面倒を見てくれる人を紹介してもらえる事になった。聖都ではそういった仕組みが充実しているらしい。

オレは促されて部屋を出る前に、お礼も篭《こ》めて勇者ハヤトや従者達に体力回復用の栄養補給剤を配っておいた。

幕間：地の底で

「まだ三割か……」

暗闇《くらやみ》の中、古《いにしえ》の祭壇から漏れる怪しい光の中で男は一人作業に勤《いそ》しんでいた。

「どないでっか～」

「——陛下」

背後から掛けられた訛《なま》りのある言葉に男が振り返る。

そこには誰《だれ》もいない。いや、周囲の闇より暗い影絵のようなシルエットが闇の中にあった。

「陛下は止《や》めてぇな。今のわいはしがない宮仕えやで」

「ご冗談を。情報収集の為《ため》に作った仮の身分など、鬼人王陛下の貴き魂の前には塵芥《ちりあくた》にすぎません。

この身、この心、この魂は全《すべ》て陛下に捧《ささ》げる所存で——」

「——止め」

それまでのどこか剽軽《ひょうきん》に喋《しゃべ》っていた気安さが消え、鋭い声で男の言葉を遮った。

「尊敬や畏怖《いふ》はええけど、『信仰』はあかん」

「——そうでした。私とした事が……お許しください、陛下」

「だから、陛下は止めえって、続けるようなら、あんさんの事も『猊下』って呼ぶで？」

「私にはそのように呼ばれる資格などありません」

「せやろか？　まあええわ。わいかてただのゴブリンや。鬼人王なんて物々しい呼び方より、小鬼呼びの方が向いてるわ」

「ずいぶんと恐ろしい小鬼がいたものです」

男が微《かす》かに笑みを浮かべた。

「酷《ひど》い話や。わいはこんなにキュートやのに」

影絵から聞こえる戯《ざ》れ言《ごと》に、男は沈黙を守った。

「あかん、滑ってもうたわ。聖女はんに慰めてもらおかな」

「お戯れを」

「聖女はんは元気にしてるん？」

「シズカなら、いつものところに引き篭もって出てきません」

「なんか怒らせたん？」

「いいえ、あの者は人嫌いですから。必要な時は指示通り働くので問題ありません」

「機械やないねんから、人は大切にせなあかんで」

「承知いたしました。進捗《しんちょく》に影響が出ない範囲で、あの者の要望に応《こた》えるようにいたしましょう」

男は影絵の忠告を受け入れる。

「――それで、進捗はどんな感じなん？」

「進捗はまだ三割です」

「思ったよりも遅れてるねんな」

「はい、私の『魅了《チャーム》』や模倣した紛《まが》い物《もの》の『強制《ギアス》』スキルでは、魔王――砂塵《さじん》王を魔窟《まくつ》に縛り付けるのがやっと」

「言う事聞かへんの？」

「魔窟の瘴気《しょうき》を濃くする為に周辺の都市を襲うように命じても、人殺しを忌避してなかなか実行しません」

「魔王に人道的な精神なんて似合わんわぁ」

「全くです。『強制』スキルを模倣したヨウォーク王国の宮廷魔術師を拉致《らち》してきて、砂塵王を縛り直す方が早く目的が達成させられるかもしれません」

「ああ、それはあかんねん」

影絵の答えに、男は不思議そうな顔で先を促す。

「ヨウォーク王国の宮廷魔術師な、死んでもうてん」

「――死んだ？」

「せや。迷宮主《ダンジョン・マスター》になっとってんけど、迷宮ごとパアや。せっかく幼女魔王を育てる為に、トウヤはんに再生してもろた迷宮やのに、何の成果も出せんとのうなってしもたわ」

影絵の言葉は訛りがキツく、男には半分も意味が分からなかったが、ニュアンスから「新たな魔王を育てる為に再生した迷宮が、迷宮主になった宮廷魔術師ごと討伐された」という事だと理解した。

「そういう事であれば、今の方針のまま進めるしかありませぬな」

「今はどんな感じでやってんの？」

「瘴気濃度をあげる為に魔窟の各所で砂塵兵を増産させ、砂塵王を討伐に来る勇者やその取り巻きを倒すように仕向けています」

男は魔王を自分の配下であるように言う。

「砂塵王まで勇者に殺されてまわへん？　今代の勇者はなかなか優秀やで？」

「心配ご無用です。砂塵王は逃げ足が速いですから。それに緑殿から借り受けた下級や中級の魔族達を護衛に付けてあり、砂塵王が逃げる先には緑殿自身が守りについております」

「緑殿って、上級魔族は信じすぎたらあかんで。あいつらは魔王に忠誠を誓っているように見えて、自分の嗜好《しこう》や都合が最優先やからな。特に緑は見切りが早いから注意しいや」

「ご忠告感謝いたします。緑殿の目的も、今回は我らと同じ。目的を果たすまでは裏切る事はないかと」

「せやったらええけどな」

影絵が肩を竦《すく》める。

「勇者をギアスで縛るのはあかんの？」

「ギアスの発動条件を整えた場所に勇者や従者を誘い込むのは難しいですし、何より勇者や従者は忌々しきパリオン神の加護と『神授のお守り《タリスマン》』を持ちますから……」

「ああ、そういえば魅了も効かへんかったわ。ほな、しゃあないな」

今のなしや、と言って影絵は話を変える。

「ところでアレは使《つ》こてへんの？　うっとこに回してくれたアレ」

「『落とし子』の欠片《かけら》ですね。砂塵王に与えたのですが、今のところは使うのを拒否しております。先日は勇者に投げつけてしまい、一つを無駄にしてしまいました」

「そんな事あらへんよ。あの『穢《けが》れ』は普通の薬や魔法では治せへんし、法皇はんのユニークスキルでも一筋縄ではいかんはずや。勇者も身動き取れへんのちゃう？」

「いいえ、居合わせたシガ王国の貴族が持ち合わせた神器で解呪《かいじゅ》してしまったそうです」

「そら間が悪い事やな……」

「その神器も解呪と引き換えに壊れたそうですから、二度目はないかと」

「さよか。それで予備はあんの？　なかったら、うっとこの回すで。繁茂迷宮と悪魔の迷宮には運んでもうたけど、タロウはん所《とこ》にはまだ持ち込んでへんから」

「いいえ、まだ五つ残っています。砂塵王が無駄にしないように二つは私が、残りは緑殿に預けてあります」

「またかいな。あんさん魔族を信用しすぎや」

影絵の忠告に、男は静かに頭《こうべ》を垂れた。

「まあ、忠告はしたで。また様子を見に来るさかい、あんじょうきばりや」

そう告げると、影絵は闇の中に溶けて消える。

「必ずや、ご期待に応えてみせます」

男は影絵の消えた闇に、恭しく一礼した。

「鬼人王陛下の御為に、魔神牢《ろう》の封印を必ずや解いてみせましょう」

男の言葉は闇の中に溶けて消える。

調査準備

〃サトゥーです。無能な者ほど会議をしたがると同僚の誰かが言っていました。会議をしていると問題点が解決していなくても、なんとなく働いた気分になるからかもしれません。〃

「「「クロ様、お帰りなさいませ」」」

勇者と別れ、迷宮都市の「蔦《つた》の館《やかた》」で不足しそうな薬品を再生産した後に、王都のエチゴヤ商会へとやってきていた。さすがにエリクサーは一朝一夕では作れないので、今日は準備だけだ。

夜半にも拘《かか》わらず、華やかな金髪美女のエルテリーナ支配人と静謐《せいひつ》な美貌《びぼう》を持つ銀髪美女のティファリーザを始め、商会幹部達は精力的に仕事をしていた。

「ピピンに仕事を頼みたい。使えるか？」

石狼《せきろう》好きの美少女幹部ロゥーナは、元怪盗のシャルルルーンと一緒に出張中で不在のようだ。

「はい、重要な用事はまだ与えていません」

「それは重畳。ピピンにはパリオン神国にいるサガ帝国の勇者を支援させる」

「勇者ナナシ様ではなく、勇者ハヤト様の支援でございますか？」

「そうだ。パリオン神国に魔王の存在が確認された」

「ピピンの能力は優秀ですが、とても魔王討伐の役に立つとは思えませんが……」

「心配無用だ。ピピンには勇者を狙《ねら》う暗殺者の始末を頼もうと考えている」

直接の刺客なら、勇者ハヤトが後れを取るとは思わないけれど、聖都や駐屯地での食事に即効性の毒を混ぜられたら危ないし、何よりも毎食神経を張り詰めるのはストレスだからね。

ピピンにはそういった対策を主にしてもらおうと思っている。

「それならば適任ですね」

「日付が変わる頃《ころ》迎えに来る。用意をさせておけ」

「承知いたしました」

これで勇者ハヤトの毒殺対策は完了っと。

「何か報告はあるか？」

「目的は仰《おつしや》いませんでしたが、シガ八剣のリュオナ様がおいでになりました」

支配人は何か警戒しているが、たぶん下級竜に焼かれた後にエリクサーで癒《い》やした件で勇者ナナシに礼を言いに来ただけだろう。

大した用事じゃないから気にする必要はないと言っても支配人の表情は優れない。

支配人とリュオナ女史はタイプが違うから、何か気に障るような事があったのかもね。

報告したそうに待つティファリーザに視線を向ける。

「クロ様の紹介状を持った移民希望者がやってきたので、優先的に開拓村へと送り出しました。用意されていた開拓村はほぼ埋まりましたので、移民募集を一時的に停止しています」

「移民希望者の中に職人がいたので、希望者をエチゴヤ商会で雇用いたしました。移民からあぶれた者達は、エチゴヤ商会で用意した長屋に住まわせ、日雇い仕事で糊口《ここう》を凌《しの》がせています」

「まだ応募は多そうか?」

「はい、条件が良すぎ――良いので選抜しないといけないほどです」

そんなにか……。

ムーノ伯爵領への移民計画を前倒しにした方がいいかもしれない。

とりあえず、開拓村をもう一〇箇所ほど増やしておくか。

「また、鉱山の本格稼働が始まりました。貴金属は王国へ、鉄や鉛などは商業ギルドに相場で売却しています。いずれも、一定数を商会でストックしていますので、ご入り用であればお申し付けください」

オレはティファリーザから受け取った帳簿を確認する。順調そうで何よりだ。

「クロ様、使い道のない資産を王都や周辺都市の空き物件の購入に使用しました。併せて、それぞれの物件で働く人員も幅広く募集しようと考えています」

本店の機密事項だけは現在の人員だけで共有するように言いつけて、商会の規模拡大を許可する。

「警備部門拡充の為《ため》に、迷宮都市からスミナを始めとした精鋭を呼びました」

エチゴヤ商会セリビーラ支店の迷宮探索部門長であるスミナの姐御《あねご》さんも、王都の本社に合流したらしい。セリビーラ支店の迷宮探索部門は姐御さんの弟子が継いだとの事だ。彼女達にもカリナ嬢やナナ姉妹達に解放したエリアを使えるようにしておいてやろう。

「紡績業で過剰生産された糸や布を消費する為に、エチゴヤ商会内に服飾部門を設立しました。下請けの針子達を一時雇用したいのですが宜《よろ》しいでしょうか？」

「良かろう。使える人材なら、正式雇用に変えても構わん。最終判断は支配人に任せる」

「飛空艇部門は小型飛空艇一号機がロールアウトしました。ジャハド博士が空力機関の設計図を修正し続けるので、博士専用の船殻を用意してあります」

助手のアオイ少年と一緒に昼夜を問わず試作を繰り返しているそうだ。

最近では商会で雇った魔法道具《マジック・アイテム》職人や船大工達も巻き込んで、飛空艇の魔改造が進んでいるらしい。面白いので、もっと資金や人材を使っても良いと許可を出しておこう。

「クロ様、錬金部門も分岐都市のアン達を呼んで拡張したいのですが――」

「彫金部門も人員を増員したいです！　お願いします、クロ様！」

「発明部門はようやく商品化できるアイデアが応募されるようになってきました。本店での売れ行きを見極めて量産に移していきたいと思います」

各部門を担当する幹部娘達が次々に報告や許可申請してくる。

たまに方針を示すだけで、ほとんどは許可した。

まずい内容なら支配人や秘書のティファリーザが止めてくれるだろうしね。

エチゴヤ商会での仕事を終えた後、王都邸で夜更かしをしていたヒカルの晩酌に付き合い、迷宮都市の養護院から留学してきた子達の下宿生活の様子を教えてもらう。

最初は猫を被《かぶ》っていた子達も、今ではヒカルの事を「ヒカ姉」と呼ぶほど打ち解けてくれているそうだ。ヒカルの笑顔にも陰がなくなっているし、彼女に下宿の管理人を頼んだのは間違っていなかったみたいだ。

ヒカルから王都の近況も聞いた。

ビスタール公爵領で反乱を起こしたトーリエル君は廃嫡され田舎で軟禁生活を送るらしい。ビスタール公爵への罰は莫大《ばくだい》な戦費の支払いに加え、幾つかの利権を王国に譲渡する事で決着したそうだ。

元シガ八剣のゴウエン氏は来月半ばに犯罪奴隷部隊ムラサキとともに碧領《へきりょう》へと出発する。

新たなシガ八剣も決まり、「紅の貴公子」ジェリル氏と「風刃」バウエン氏の二人が就任した。最後の第八席は聖騎士の「白矛」ケルン卿《きょう》ではなく空席のままらしい。次の選抜は一年後との事だ。

パリオン神国に魔王がいるという話を聞いたヒカルが自分も行くと言い出したが、勇者ハヤトの手に負えなくなったら協力を求めるという事で納得してもらえた。夕方に作った魔法薬をヒカルに少しお裾《すそ》分《わ》けして、エチゴヤ商会でピピンを回収した後、パリオン神国へと戻った。

◆

「やっぱり病みあがりは梅粥《うめがゆ》だぜ」

丼《どんぶり》鉢サイズの白磁の碗《わん》に入った梅粥を、勇者ハヤトが豪快に掻《か》き込む。

昨日、彼の部屋をお暇《いとま》する時に何か食べたい朝ご飯はないかと尋ねたところ、粥か白米が食べたいとのリクエストを受けたので、ルルと二人で作ってきたのだ。

仲間達と一緒に味見したが、とろみといい塩加減といい至高のお粥ができたと自負している。

ミーアはもちろん、肉好きのタマとポチも絶賛してくれていた。

「パリフ豆のペーストやヨーグルトもいいが、やっぱり日本人は米を喰《く》わなきゃな」

勇者ハヤトは米派らしい。

彼はサガ帝国に召喚されて長いから、故郷の味に餓《う》えているのだろう。

「白米とアジの塩焼きもありますがいかがですか？」

「おう！　喰う！」

空になった碗をメイドに渡し、オレの持つ盆を受け取った勇者ハヤトが、嬉《うれ》しそうに生卵を割って卵かけご飯を作り、醤油《しょうゆ》を回しかける。それを見ていたメイドや同席していたメリーエスト皇女が微妙な顔をしたが、特に苦言を呈する事はなかった。

板海苔《のり》に醤油を垂らしたのも喜ばれた。板海苔はシガ王国の王都を出る前にジートベルト男爵から貰《もら》ったガニーカ侯爵領の隠れた名産品だ。今度彼に会ったらお礼を言っておこう。

しばらく箸《はし》の音と勇者ハヤトの「美味《うめ》ぇ～」という歓喜の声が、部屋に木霊していた。

「ご馳走様《ちそうさま》でした」

勇者ハヤトが満足そうに手を合わせる。

アジの塩焼きが載っていた皿は、綺麗《きれい》に身を取った白い骨だけが残っている。皮はおろか、付け合わせの大根おろしも残さずに食べられていた。喜んでくれて何よりだ。

なお、今のところサガ帝国の人員が優秀なのか、毒殺を目論《もくろ》む人間は見つかっていない。オレの杞憂《きゆう》かもしれないが、警戒するに越した事はないのでピピンには陰ながら見守るように命じておいた。

「お粗末様でした」

オレはそう言って、ルルが淹《い》れてくれたほうじ茶を勇者ハヤトに手渡す。

お茶を飲んで一服した勇者ハヤトが、今後の話を切り出した。

「今日の昼からある会議に、サトゥーも出席してくれ」

「――会議、ですか？」

「ああ、そうだ。魔窟《まくつ》は広い。俺様達やリュッケン達サガ帝国の支援部隊だけじゃ、魔王を捜しきれない。だから、パリオン神国の諜報《ちょうほう》部隊や兵士達の助けを借りるんだ」

その為の打ち合わせ会議があるらしい。

「折衝するのは主にリロとメリーの二人だから、聞いているだけでいいぞ」

意外な事にリーングランデ嬢は折衝に参加しないらしい。

理由を尋ねたら、「リーンはバカが嫌いだからな」と言って笑った。きっと頭の固い人物と喧嘩《けんか》になるのだろう。

「ハヤト、折衝するのは私達の役目だからいいけれど、会議中に寝るのは止《や》めてよ」

「善処する」

「もう！　もし、寝たら米抜き一週間よ」

「そ、それだけは止めてくれ。コーヒー抜きは我慢できるが、一日一回くらい米を喰わないと力が出ない」

角を生やしたメリーエスト皇女の脅迫に、勇者ハヤトは屈し「会議中に寝ない」と約束していた。

まあ、生産性のない会議は眠くなるからね。

◆

「――でありますから、我が第三神官兵団は二個小隊の拠出が限度であります」

「なんだと！　貴様らは治安の良い神官街区だろう！　荒くれ者が多い職人街区の我らが、四個小隊も拠出しているのに、何を出し渋ってやがる」

「魔王が出てこないかの監視なら、近くの村から雇った者に任せれば良いのでは？」

「馬鹿《ばか》野郎。魔窟から砂塵《さじん》兵が出てきたら、ただの村人なんてひとたまりもないだろうが！」

「神官兵に損失が出るより、村人数人の方が安く済むではないですか」

「貴様、それでも聖職者か！　パリオン神の天罰が下るぞ！」

「ふん、街区の金持ちから個人的に寄付を受けている貴殿に言われても」

「なんだと！」

事前に根回しする文化がないのか、会議が紛糾してどんどん本筋から離れてヒートアップしていく。

ちなみに神官兵団から拠出された兵士達は、無数にある魔窟の出口で動向を監視する予定だ。

「止めよ、愚物ども！」

ズバンッとテーブルを叩《たた》いて立ちあがったのは、煌《きら》びやかな鎧《よろい》を身に纏《まと》った神殿騎士団長だ。

軍人系のイケメンといったマッチョマンで、前に商隊を砂塵兵から救ってくれた神殿騎士と同様に、高いレベルと多くのスキルを身に付けている。

「拠出部隊数は事前に通達した通りだ。既に聖下のサインはいただいておる。異議申し立ては聖堂執行局にせよ」

ギロリと睨《にら》み付けられて、神官兵団の団長達が青い顔で背筋を伸ばした。

「勇者よ」

神殿騎士団長がその凶悪な視線を勇者ハヤトに向ける。

「我らパリオン神国が供出する兵力は総勢一〇〇〇名。信徒達から拠出された物資は目も眩《くら》むほどだ。それだけの負担を強いてなお、我らに害獣捜しと物見のカカシに徹せよと言うのか？」

「モーキリス閣下、お言葉ですが――」

「従者風情がでしゃばるな！　私は勇者と話しているのだ！」

発言しようとした書記官リロを、神殿騎士団長が怒声で黙らせた。

書記官リロの代わりにメリーエスト皇女が神殿騎士団長の相手をしようと立ちあがるのを、勇者ハヤトが片手を伸ばして止め、自分が代わりに立ちあがった。

「その通りだ。パリオン神から魔王を討伐する使命を拝受したのは俺様達だ。あんた達の協力には感謝するが、無理に死にに行く事は――」

「我らを愚弄《ぐろう》するか！　魔王など何するものぞ！」

勇者ハヤトの言葉を耳にした神殿騎士団長が、血管が切れそうな顔で激昂《げきこう》する。

「聖女様よりパリオン神の加護を賜った聖なる戦士にとって、魔王を倒すなど児戯にも等しい！」

――聖女様？

ちょっと気になるワードだ。

罵《のの》り合いには食傷気味なのでマップ検索してみると、聖都パリオンの中にある神殿の一つに聖女という称号を持つ――老婦人がいた。

聖女というとテニオン神殿の巫女《みこ》セーラのような美少女をイメージするが、この世界の聖女はテニオン神殿の巫女長みたいに老齢の人ばかりな気がする。まあ、巫女長様は聖女の称号に相応《ふさわ》しい方だったけどさ。

「ふん、お座敷剣術しか知らぬ張り子の竜が偉そうに」

場に意識を戻すと、ようやく怒りが収まりつつあった神殿騎士団長に、黒騎士がいらない事を言って怒りに油を注いでいた。

「錆止《さびど》めの黒鎧しか着られぬ田舎騎士は黙っておれ！」

「サガ帝国の最先端技術によって作られた黒鋼の鎧を、錆止め鉄鎧と同じと申したか！」

煽《あお》り返された黒騎士が吼《ほ》える。彼は煽り耐性が低いようだ。

ちなみに、この時は彼らの会話がよく分からなかったのだが、あとでリーングランデ嬢から「鉄鎧のメンテナンスができない貧乏な騎士が黒い錆止めを塗っている」という俗説があるのだと教えられて理解できた。

黒騎士が言っていた黒鋼というのは、最近開発されたばかりの錬成合金で、希少なアダマンタイトを含有した特殊な鋼材らしい。なんでも、主流のミスリル合金よりも丈夫との事だ。

「お二方、そのあたりにしていただこう。ドーブナフ枢《すう》機卿《ききょう》猊下《げいか》のご臨席である」

遅れてやってきた枢機卿と司教が偉そうな仕草で上座に腰掛ける。

いつの間にか、賢者も着席していた。前に見た時と同様に黒いフードを目深に被って顔を隠している。前は口元の皺《しわ》を見て年配の男性だと思っていたが、ＡＲ表示によるとそれほどの年齢ではないようだ。猿人族という種族だから、口元の皺は種族的な特徴なのかもしれない。

レアな影魔法を始めとして、メジャーな地水火風の四種の魔法スキルを持ち、詠唱短縮や瞑想《めいそう》といった実戦的な補助スキル、さらには杖術《じょうじゅつ》や回避などの戦闘系スキルも持っていた。少しスキルが多めだが、魔法使いあるいは魔法戦士といった感じのスキル構成だ。

称号は「賢者」を始め、「法皇の助言者」や「探究者」「真理を求める者」などの賢者らしい称号が揃《そろ》っている。ＡＲ表示を見る限り魔王信奉集団「自由の光」の構成員ではないようだ。

会議の後に時間が取れるようなら、彼にライト少年の父親について尋ねてみよう。

「書記官、私と枢機卿猊下に議事を説明せよ」

司教が偉そうに書記官に命じた。

彼は魔王信奉集団「自由の光」の構成員である疑いの濃いシープナス司教だ。

彼の言動には色々と注意しておこう。

「子細は書記官より聞いた。勇者よ、パリオン神国の要求は魔王討伐に、神殿騎士団の精鋭六名を参加させる事だ」

「枢機卿、国の要《かなめ》である神殿騎士達を無駄に死なせるのは――」

「無駄ではない。神敵たる魔王を討伐し世界の平和を維持するのは国是である」

勇者ハヤトの言葉を遮って、枢機卿が言い切った。

「偉大なるパリオン神の名を冠する国に現れた魔王を討伐するのに、聖なる神殿騎士達が誰《だれ》一人参加せぬのでは沽券《こけん》にかかわるのだ」

まあ、枢機卿の言う事も分かるけど、命を懸けるのは彼じゃなくて神殿騎士達なんだよね。

「だが――」

「我ら神殿騎士に命を惜しむ者などおらぬ。ましてや魔王討伐の聖戦に尻込《しりご》みする者などいるはずもない」

抗弁しようとした勇者の言葉を遮って、神殿騎士団長が言い切った。

彼本人はいいけれど、同調圧力で戦場に駆り出される神殿騎士がいそうで厭《いや》な感じだ。

「筆頭神殿騎士メーザルトは聖下より聖剣ブルトガングを授けられている。勇者殿の足手まといにはならぬはずだ」

枢機卿が偉そうな声で勇者に言い放つ。

「枢機卿猊下、私が口を挟む事ではありませんが、聖下の守りにメーザルト卿《きょう》を始めとした六剣聖は残された方が良いのでは？」

「何を言う。パリオン神のご威光あらたかな聖都に、汚らわしき魔王などが入り込む事ができようはずもない。勇者殿の支援をする為《ため》にも、有象無象ではなく優れた神殿騎士を同行させるべきだ」

賢者の懸念を、枢機卿が強い口調で否定した。

「枢機卿猊下、このシープナス、賢者殿のご意見も一理あると愚考いたします。聖剣使いのメーザルト殿だけでも聖下のお傍《そば》に残されては？」

横から割って入った、この司教さんは穏健派っぽい言動をしているが、魔王信奉集団「自由の光」に属する可能性を考えると、ちょっと見え方が変わってくるね。

法皇の護衛というていで、対魔王戦で勇者に次いで一番有効打を与えられそうな聖剣使いを残して、戦力ダウンを図っているようにも見える。

「愚かな事を申すな。聖剣の担い手は魔王を討つべき者だ。メーザルトを残すくらいなら、守りに優れたモーキリス神殿騎士団長を残す方がまだ理に適《かな》っている」

「――猊下」

枢機卿の言葉を聞いた神殿騎士団長が、額に青筋を立てながら押し殺した声で釘《くぎ》を刺した。

「分かっておる。貴公を残すような愚行はせぬ。戦いを挑むなら最大戦力を一度に出すべきだ。戦力を逐次投入した方が犠牲が多くなるのは勇者殿もご存じだろう？」

枢機卿は宗教家であると同時に戦術家でもあるようだ。

「もう一度言う。パリオン神国は魔王討伐に神殿騎士六名の参加を求める」

枢機卿がそう言って勇者を睨みつける。

メリーエスト皇女に耳打ちされて、勇者ハヤトが重々しく頷《うなず》いた。

「分かった。受け入れよう」

「それは重畳。中継基地に派遣する治癒担当の神官達は、護衛も込みで貴殿らの要求通り用意しよう」

枢機卿がそう言って満足そうに微笑《ほほえ》む。

着席した彼の口が「敵対派閥の厄介ばらいに丁度良い」と動くのを読唇術スキルが読み解いた。

こういう時に自派閥の強化に勤《いそ》しんでしまうのは、聖職者というよりも政治家っぽい気がする。

その一方で司教は不満そうな顔だ。オレに見られている事に気付くと、わざとらしい咳払《せきばら》いをして表情を取り繕っていた。

パリオン神国サイドは、パリオン神国の権威を上げたい枢機卿派と聖都や法皇の守りを固めたい賢者派に分かれているらしい。神殿騎士団長は前者、限りなく黒に近い灰色なシープナス司教は後者のようだ。勇者サイドも、勇者ハヤト一行の派閥と黒騎士の派閥に分かれているらしい。

人間が三人集まれば派閥が生まれるなんて言うけど、共通の敵——魔王がいる時くらい一致団結してほしいものだ。


オレがそんな事を考えている間にも会議は進む。

「勇者殿、先の調査でサガ帝国の偵察隊に大きな被害が出ていると耳にした。そちらの援助はいらぬのか？」

「――不要だ！　我が配下に不足はない！」

賢者の問いに黒騎士が割り込んだ。

「勇者様に代わってお答えします。魔窟《まくつ》を一つずつ調査するなら、問題なく機能いたします」

「一つずつ？　最初の一つで見つかればいいが、それでは魔王を見つけるまでどのくらい掛かるか分からんではないか！」

「そうだ！　我らの部隊をいつまで魔窟の前に貼《は》り付けておくつもりだ！」

書記官リロの説明を聞いた神官兵団から文句が出た。

「ではパリオン神国からも調査隊を出そう。神殿騎士達の護衛があれば探索中に魔物が現れても問題なかろう」

「ふん、お座敷剣士が言いそうな事だ」

「なんだと、錆び止め騎士は黙っておれ！」

また、黒騎士と神殿騎士団長の口喧嘩《くちげんか》が始まった。

賢者やメリーエスト皇女の制止でも収まらず、最後はキレた枢機卿の怒声で会議ごと終わらされてしまった。

賢者に用事があったのだが、とてもそんな事を切り出せる雰囲気じゃない。仕方ないので、次の機会を待つ事にした。

最終的に書記官リロが調整や根回しに走り回って、枢機卿が推薦する斥候部隊や賢者配下の雑役人――という名の密偵達、さらに魔窟の探索を仕事にしていた探索者達で二つの偵察隊を編制する事で落ち着いた。

初めから書記官リロに任せておいた方が良かった気もするが、それだと上手《うま》くいくのに時間が掛かりすぎるのだとリーングランデ嬢が言っていた。

最終的に決まった方針は大まかに言うと次のような感じだ。
一、全《すべ》ての魔窟の出入り口に神官兵団の監視を付ける。
二、最有力の五つの大規模魔窟のうち、三つに偵察隊を送り込む。
三、勇者達は過去に魔王と遭遇した魔窟を再調査する。
四、魔王を発見したら、勇者、黒騎士、神殿騎士団長の三者に通報し、協力して魔王を討つ。
「サトゥー達は私達と一緒に来なさい。単独で問題ないようなら、魔窟を手分けして調査しましょう」

メリーエスト皇女の言葉に首肯する。

「魔王を見つけても戦いを始めないようにね」

「ははは、さすがにそんな無謀な事はしませんよ」

リーングランデ嬢の冗談を笑って受け流す。

「皆《みんな》、サトゥーみたいに功績に無頓着《むとんちゃく》ならいいんだけど……」

「リュッケンなら、絶対に勇み足で戦いを始める」

「あの神殿騎士団長も危なそうだぜ」

弓兵ウィーヤリィャルススがそう言って頷き合う。

「あいつら出世の為なら部下の命なんて、なんとも思ってないからな」

「さすがに発見の報告くらいはするっしょ」

「ええ、そうですね。通報を受けたら、いつでもジュールベルヌを召喚して駆けつけられるようにしておかないといけません」

神官ロレイヤがおっとりした顔で告げ、「張本人のお馬鹿《ばか》さんは死んでも構いませんが、部下の皆さんは救わないといけませんから」なんて、黒い笑顔で付け加えた。

ここの魔王がどのくらい強いか分からないけれど、少なくとも上級魔族や下級竜よりは強いだろうから、勇者なしのメンバーで挑んだら全滅もありえる。

いざとなったら勇者ナナシで駆けつけられるように、予《あらかじ》め彼らが調査する魔窟を訪問して「全マップ探査」で魔王の居場所を把握しておかないとね。

魔窟探索

〝サトゥーです。逃げ足の速い敵というと、名作コンピューターRPGに出てくるメタルなアイツを思い出します。逃げ足が速くても、美味《おい》しい見返りがあるなら許せるんですけどね。〟


翌朝、すっかり元気になった勇者ハヤト達と一緒に、オレ達は聖都パリオンから次元潜行船ジュールベルヌで二時間ほどの場所にある魔窟上空へとやってきていた。

もちろん、アリサ達も一緒だ。

「ここが最後に魔王と戦った魔窟だ」

「あ、セイナがいるぜ」

ルススとフィフィが指さす先には、サガ帝国のモノらしき黒い中型飛空艇が二隻あり、その傍にぴょんぴょんと飛び跳ねながら大きく手を振る小柄な人族女性がいた。彼女が斥候セイナらしい。

「速いですね。空間魔法使いの『帰還転移《リターン》』で、一足先に戻ってきたのでしょう」

魔王がいた魔窟の最奥から帰還するのに、普通なら三日は掛かるそうだ。勇者達は最奥の間にジュールベルヌを召喚して、それに飛び乗って帰ってきたと言っていた。

そんな事を話している間に、弓兵ウィーヤリィが操艦するジュールベルヌが静かに着地する。

「ハヤト！」

シュカッと音がしてエアロック風のハッチが開き、斥候セイナが飛び込んできた。
他《ほか》のメンバー同様にプロポーションがいい。

「無事で良かった」

「心配かけたな。こっちは調査に協力してくれる事になったサトゥーだ」

勇者ハヤトは抱きついてきた斥候セイナを無造作に引き剥《は》がし、オレ達を紹介してくれた。

「よろしくー。ずいぶん、若いね——って子供連れ？」

セイナの視線が年少組を捉《とら》える。

「紫髪って事は、もしかしてキミがハニーちゃん？　今日はちびっ子達と一緒に、ハヤトの活躍を見学しに来たの？」

アリサの地毛を見た斥候セイナがその正体を見抜いた。

次元潜行船ジュールベルヌの中には身内しかいないので、カツラを被《かぶ》っていなかったんだよね。

彼女は「人物鑑定」のスキルを持っているが、勇者ハヤトの持つ「神授の鑑定」と違って仲間達の装備する認識阻害アイテムを突破できなかったようだ。

「見学ではありません。ハヤト様のお手伝いをする為に参りました」

「まったく、ハヤトは小さい子に甘いんだから——」

斥候セイナが「処置なし」とばかりに額を押さえる。

「セイナ、ハニー達を侮るなよ」

「どういう事？　この子達が何かの役に立つの？」

勇者ハヤトのフォローを聞いて、斥候セイナが首を傾《かし》げる。

「はいなのです。ポチは探索者のプロなのですよ」

「タマも斥候のプロ～」

ポチとタマが胸を張る。

「――プロ？」

「専門家、って事さ」

意味が分からなかった斥候セイナに、勇者ハヤトが説明した。

「こんな小さい子達なのに？」と目を白黒させる斥候セイナに、タマとポチが腕まくりして力こぶを作るポーズをしてみせる。ぷにぷにだ。

「セイナのスキルじゃ見えないのか？」

勇者ハヤトの呟《つぶや》きを聞いたオレは、ポチとタマの認識阻害アイテムを外す。

「――レベル五四?!　ボクよりレベルが上？」

人物鑑定スキルで二人のレベルを知った斥候セイナが驚きの声をあげた。

ちなみに彼女はレベル五二だ。

「実は付け耳の妖精《ようせい》族とか？」

「ぶぶ～」

「ポチの耳は付け耳なんかじゃないのですよ？」

「触っていい？」

「おっけ〜？」

「はいなのです」

斥候セイナは許可を取ってから二人の獣耳に手を伸ばした。

獣耳を触られた二人が、「くすぐったいのです」と嬉《うれ》しそうな声をあげて身をよじる。

「おおっ、柔らかい。ルススやフィフィのガサガサ耳と大違いだ」

「なんだと！」

「あたしの耳はやわやわだっつーの！」

「喧嘩《けんか》はダメ〜？」

「そうなのです、仲良くしないとダメなのですよ」

じゃれ合うセイナ達を見て慌てるタマとポチの微笑ましい姿に皆が笑みを浮かべる。

そんなやりとりを切っ掛けに、斥候セイナもうちの子達と仲良くなってくれた。


「――サトゥー、これが魔窟の地図だ」

勇者ハヤトが野戦司令部のようなテントの中で、彼らが調べた地図を見せてくれた。「録画《ピクチャー・レコーダー》」の魔法で地図を撮影する。魔窟内の経路図ではなく、国内の魔窟がある場所が描かれた地図だ。

その地図には規模を示す印と調査した日付けが書かれていた。

五箇所の魔窟に色付きピンが刺さっている。

「このピンが刺さっている所が調査場所ですね。ピンの色は何を示しているのでしょう？」

「黒が魔王がいた魔窟。白が魔王がいなかった魔窟だ」

今いる魔窟に刺さった青いピンは、調査中の場所を示しているらしい。

この五つの魔窟は他の魔窟と比較して極端に規模が大きく、パリオン神国では「五大魔窟」と称されているそうだ。大きい順に番号が振られており、一〇〇番くらいまでナンバリングされていた。

「ハヤト！　リュッケン達はここで残りの人員と合流せずに探索に向かったそうよ」

魔窟内には大多数のサガ帝国の兵員が中継地点の物資とともに残っており、地上への帰還中との事だ。

「抜け駆けなんて、リュッケンらしいぜ」

「まずいわね。戦力を分散したら、彼らの損耗が激しくなるわ」

「出世命のオッサンに付き合わされるなんて、部下がかわいそー」

やたら魔王討伐に熱心な人だとは思っていたけど、あれは自分の立身出世の為《ため》だったのか……。

「まったくだ。セイナ、通信兵に言って地上待機するように指示してきてくれ」

リーングランデ嬢の懸念に同意した勇者ハヤトが斥候セイナを走らせる。

そうだ。今のうちに——。

「ハヤト様、少し魔窟の中を見学してきても宜《よろ》しいでしょうか？」

「ああ、構わんが見た目は普通の洞窟と変わらんぞ」

それでもいいなら行ってこいと許可してくれた勇者ハヤトに会釈し、オレは仲間達と一緒に魔窟へと向かう。

洞窟《どうくつ》状の入り口には二人の歩哨《ほしょう》が立ち、魔法道具《マジック・アイテム》らしき鈴の付いた大きな杖《つえ》を持っている。入り口に近付くと誰何《すいか》されたが、勇者ハヤトの許可を得ていると告げると、年少組に視線をやった後、すぐに信じてくれた。彼の幼女趣味はサガ帝国の兵士達にも知られているようだ。

「にゅ？　何か描いてある～？」

暗がりに順応するのが早かったタマが、神聖魔法系の結界を発見した。

結界の表面にパリオン神の聖印が浮かびあがって見える。

ＡＲ表示で魔物除《よ》けの結界だと分かったので、オレが先に入って安全を確認した後、仲間達を呼ぶ。

視界の隅にＡＲ表示されるレーダーが未探索地帯に変わった。マップには「魔神牢《ろう》迷宮：遺跡」と名称表示されている。

そんな情報を横目に見ながら、魔法欄から「全マップ探査」を実行した。

思ったよりも広いがセリビーラの迷宮の区画六個分くらいで、クボォーク王国の迷宮より少し狭いくらいだ。

地上への出口は七箇所で、地上で見た地図に描かれた出入り口の数より遥《はる》かに少ない。

物理的に繋《つな》がっていない箇所は別マップになっているようだ。

「サトゥー、瘴気《しょうき》濃い」

ミーアが眉間《みけん》に皺《しわ》を寄せながら呟いた。

「それでか、なんだか身体《からだ》が重い気がしたのよ」

「ういうい～。やな感じ～？」

アリサとタマが同意する。

言われて瘴気視を少し発動したら、迷宮の何倍も濃い瘴気が周囲に充満しているのが分かった。

パリオン神国内、特に大聖堂周辺には瘴気がほとんどなかったから余計に濃く感じる。

オレは瘴気を祓《はら》う為に普段は封じている精霊光を解放した。これで少しはマシになるはずだ。

「魔窟の外では気にならなかったから、さっきの結界が瘴気を外に漏らさない役目をしていたのかしら？」

「そう」

ミーアがこくこくと頷《うなず》く。

「それで、ご主人様。ここに魔王は潜んでいた？」

アリサが耳打ちしてきたので首を横に振る。

未発見らしき隠し通路や隠し部屋を見つけたので空間魔法の「遠見《クレアボヤンス》」で確認したが、白骨化やミイラ化した遺体の他には金銭的な価値のあるお宝だけで、魔王の行方に関するような手がかりは見つからなかった。

「他には砂塵《さじん》兵なんかの狩り残した魔物くらいだね」

魔族は見当たらない。

逆に迷宮内に人間は多い。ほとんどがサガ帝国の人間だ。最奥の間から撤退中の部隊や中継施設の撤収準備を進める部隊など、一〇〇名近い者達が活動している。

昨日の今日では全《すべ》ての部隊を引きあげさせる事はできなかったようだ。

「セリビーラの迷宮みたいに明かりはないから、魔法や魔法道具なんかの光源は必要そうね」

「私の『魔灯《マナ・ライト》』が使えると告げます」

「ん、『蛍泡《バブル・ライト》』」

「魔刃も光る～？」

「ポチも光らせられるのですよ！」

ナナとミーアが魔法を使うと、タマとポチも魔刃を光らせた。

これだけ明るければ十分だろう。オレは暗視スキルがあるし、索敵担当のタマは夜目が利くしね。

「今までの迷宮よりも地面がでこぼこだから、照明は全員持っていた方がいいんじゃない？」

「……それもそうだね。人数分の懐中電灯を用意しておくよ」

光石《ひかりいし》を使った魔法道具ならすぐ作れる。ベルト型の足下を照らすライトもあったら便利かな？

簡単に問題点を洗い出したオレ達は、踵《きびす》を返して地上へと戻った。

「早かったな。魔窟はどうだった？」

「仰《おっしゃ》る通り見た目は洞窟でしたけど、思った以上に瘴気が濃かったですね」

「――エルフの力か？」

「ええ、ご慧眼《けいがん》の通りです」

瘴気濃度の異常に気付くのは、いつもミーアが一番早いからね。

「場所を移動するぞ。魔王が最初にいた魔窟を確認する」

そう宣言した勇者ハヤトに続いてジュールベルヌに乗り込み、この船で一時間ほどの場所にある魔窟へと移動した。

地上に仮設された天幕には通信兵と一個分隊ほどの兵士が待機していた。

彼らの話によると、抜け駆けをした黒騎士率いる偵察隊はこの魔窟を探索しているらしい。

「ここなら前に探索した時の地図があるから、魔王のいた場所の確認もしやすいと思ったんじゃないかなー」

「あいつらが魔窟に入ってから一日か……追いつけるだろうが――」

勇者ハヤトが懸念しているのはオレ達、特に体力がなさそうなアリサやミーアが彼らの探索ペースに追いつけるかどうかだろう。

「ハヤト様。私達の事は気にせずに、全力で追いかけてください」

マップで追いかけられるし、オレやナナならアリサとミーアを背負っても遅れずに追従できる。

「分かった。――いくぞ！」

「ボクが先導するよー」

斥候セイナが走りながら短杖《たんじょう》を振ると、三つほどのウィル・オー・ウィスプのような人魂《ひとだま》が空中に現れて彼女と併走する。彼女はこれを光源にするつもりのようだ。

リーングランデ嬢やメリーエスト皇女も術理魔法や雷魔法で照明を作っていた。

最後尾の神官ロレイヤに続いてオレ達も迷宮に入る。

さっきの移動中にジュールベルヌの工作室で作った照明用の魔法道具は、既に仲間達に分配済みだ。

「ご主人様」

両手を広げて抱えろと主張するアリサに「セクハラは慎めよ」と命じて背負った。ミーアは大盾を収納したナナが運ぶ。

マラソンくらいのペースで曲がりくねった通路を進んでいく。

広い場所は幅数メートルもあるが、狭い場所では体勢を変えないと通れない場所もあった。

体格の小さなオレ達はともかく、大柄な兵士達は苦労したに違いない。

通路上にいた砂塵兵や小型の魔物は先頭のセイナや両翼に就いたルスとフィフィが投剣や礫《つぶて》で倒していた。

「ハヤト、デカ砂」

「応！」

鍾乳洞《しょうにゅうどう》風の広間に現れたデミオーガ級の中型砂塵兵を、勇者ハヤトの青く輝く聖剣アロンダイトが一刀の下に破壊する。

「さっすが勇者様ね」

「ハニー？　ついてきたのか、サトゥー！」

アリサの発言を耳にした勇者の足が止まる。

どうやら、オレ達がついてきていた事に、今まで気がついていなかったようだ。

「大丈夫ですわ、勇者様。ねぇ、ご主人様」

「私達の事はお気遣いなく。このくらいのペースなら問題なく追従できます」

余所《よそ》行きの声を作るアリサだったが、オレに背負われた状態だと説得力が薄い。

「それにちゃんと地図を作りながら追いかけていますから、はぐれても私達だけで地上に戻れるのでご安心ください」

はぐれる事はありえないが、魔王がいたら「はぐれた事にして」勇者ナナシとして応援に駆けつける為にそう言っておく。


ちなみに、この魔窟には魔王がいない。

ただし、魔族に憑依《ひょうい》されたレベル五五の砂塵兵が最奥の間にいるので、保険を掛けておいたのだ。

「ハヤト。サトゥー達は『ミスリルの探索者』よ。そんなに心配しなくても大丈夫」

「そうだったな。サトゥー、無理だと思ったら躊躇《ちゅうちょ》せず引き返せ。いいな？」

「はい、承知いたしました」

リーングランデ嬢が加勢してくれたお陰で、勇者ハヤトもオレ達の同行を許可してくれた。


「壁に蛍光塗料で印してあるところは罠《わな》だから踏むなよー」

斥候セイナが注意点を言ってから、移動を再開する。

次第に砂塵兵との遭遇率が増え、砂に変わる砂塵兵以外の死骸《しがい》や蛍光塗料の印が散見されるようになってきた。

「リュッケン達の通った道はここで合ってるみたいだね——おおっと新しい罠だ」

発動済みの落とし穴がある。

「遺体はなし。血痕《けっこん》があるから、魔法薬で回復して探索を続行したみたいだね」

罠を覗《のぞ》き込むと、剣山のようにトゲトゲの底に破れたマントが残されていた。

「新しい罠が増えているって事は——」

「——魔王が戻ってきているかもしれません」

勇者ハヤトとメリーエスト皇女が言葉を交わす。

たぶん、新しい罠は「最奥の間」で砂塵兵に憑依している魔族が設置したのだろう。

オレ達は砂塵兵を蹴《け》散《ち》らしながら魔窟の最深部へと進んでいく。

「そろそろ合流してもいいはずなんだけど……」

リーングランデ嬢がそう呟《つぶや》くのを聞き耳スキルが拾ってきた。

「いたよ、リュッケン達だ」

探索を開始して三時間ほどで、オレ達は黒騎士率いる偵察隊に追いついた。

罠に嵌《は》まったのか、強めの砂塵兵と戦ったのか、足を止めて負傷者を治療中らしい。

黒騎士は苛立《いらだ》たしげに、部下達を怒鳴りつけている。

斥候セイナが集団から離れ、少し先にある「最奥の間」の方へと足を向けるのが見えた。潜伏系のスキルを使っているのか、彼女の動きに気付いているのはオレとタマの二人だけだ。

タマが「一緒に行っていい？」と手信号で尋ねてきたので、こくりと頷いてやる。

「リュッケン！」

「——勇者、様」

黒騎士はオレ達に気付いて忌々しげに小さく舌打ちした後、それを誤魔化《ごまか》すように、笑顔になって歩み寄ってきた。

「ご快復をお慶《よろこ》びいたします。ですが、病みあがりで無理はなさいますな。尊き勇者様のお身体はただ一つです。無理はなさらず、私どもが魔王を発見するまで、聖都でご休息いただきたく存じます」

言葉だけだと勇者の役に立ちたいようにも聞こえるが、彼の表情と声色がそれを否定していた。

どうやら、彼は他者を出し抜いて功績を挙げようとしていたらしい。

「そうしたかったんだが、お前達が兵の休養も取らせずに魔窟に入ったと聞いてはな」

「ご安心ください、勇者様。私どもの代わりはいくらでもおりますれば、心配ご無用に願います」

「誰《だれ》しも命は一つだ。俺様はお前達が無闇《むやみ》に命を落とすのを良しとしない。探索は焦らずに進めればいい」

平行線を辿《たど》る勇者と黒騎士が睨《にら》み合う。

その間に、神官ロレイヤとミーアが神聖魔法と水魔法で負傷した兵士達を癒《い》やしていた。

偵察隊にいる回復役は魔力切れで魔法が使えなかったようだ。

「ハヤト、『最奥の間』を見てきたよ」

「大っきいのいた～？」

先行偵察に行っていた斥候セイナとタマが戻ってきた。

「おいおい、セイナ。ちっこいのまで連れて行ったのかよ」

「ボクが気付いた時には後ろにいたんだよー。すっごいよ、この子」

斥候セイナがルススの苦言に言い訳した後に、タマを褒める。褒められたタマが「にゃふふ」と身体をくねらせて照れている。

「セイナ殿、魔王がいたのか?!」

「見た目は魔王と似てたけど、鑑定《アナライズ》スキルは阻害されちゃって、本物かは分かんなかった。タリスマンを使ったら、こっちの居所がバレちゃうしねー」

斥候セイナは黒騎士の質問に答え、勇者ハヤトの方を見る。

「ハヤト、暗くて色や細部は見えなかったけど、魔王っぽいヤツがいた。中型の取り巻きが一〇体くらい周りをうろついてる。奥の通路にも何体か見えた」

マップによると、取り巻きはレベル三〇ほどだ。

「そうか――」

勇者ハヤトが偵察隊を順番に見る。

たぶん、偵察隊のレベルやスキルを確認しているのだろう。

総勢二〇名の偵察隊は精鋭揃《ぞろ》いで、レベル四〇台が二人で残りは全てレベル三〇台だ。

「俺様達だけで――」

「勇者様！　私は絶対についていきますぞ！」

自分達だけで行こうと言いかけた勇者ハヤトの前に、黒騎士が立ち塞《ふさ》がった。

「分かった――」

「敵が多いようですし、私達もご一緒します」

勇者ハヤトの視線がこっちを向いたので、参加を希望しておく。

彼はオレ達をあまり巻き込みたくない感じだったが、彼が魔族の憑依した砂塵《さじん》兵に専念できるように、オレ達が取り巻きの雑魚を引き受けようと思う。仲間達は戦う気満々だしね。

「しかし――」

「大丈夫ですわよ、勇者様。わたし達が頼りにならないようであれば、すぐに下がります」

「分かった。ハニーやサトゥー達を信じよう」

アリサが余所行きの言葉遣いで、逡巡《しゅんじゅん》する勇者ハヤトから許可をもぎ取った。

各種支援魔法を互いに掛け合って準備を整え、オレ達は最奥の間へと乗り込んだ。

「よくぞ来たザァマス」

蠍《さそり》と人間を融合したような姿をした大型砂塵兵が、邪悪な笑みを浮かべながらオレ達を出迎えた。

声と同時に闇に沈んでいた部屋が舞台のように明るくなる。

「奇襲は失敗か――」

上級魔族並みのレベルがあるけれど、前に見た上級魔族達ほどのプレッシャーは感じない。たぶん、憑依元の砂塵兵のレベルに引っ張られてレベルが上がっただけの中級魔族だろう。

「――サトゥー、あいつらは全部偽者だ」

勇者ハヤトが小声で囁《ささや》く。

「砂の下に見える皮膚や角が緑色や黄土色をしているだろ？　本物はあれが紫色をしているんだ」

なるほど、分かりやすい判別方法だ。

オレ達だけで遭遇した時に、見分けられるように教えてくれたのだろう。

色といい、口調といい、迷宮都市を陥れようとしていた「緑の上級魔族」系列に違いない。

「問おう！　魔族よ！　怯懦《きょうだ》な魔王はどこに逃げた！」

勇者ハヤトが先制の魔法攻撃を保留しているのは、魔王の逃亡先の情報を得る為《ため》だったらしい。

「おやおやおや、誰かと思ったら勇者ザマァアアアス」

中央の巨人型砂塵兵が一歩前に出て勇者ハヤトを見下ろす。

「魔神様の呪《のろ》いで死なぬとは、愚神パリオンにでもすがったザァマスか？」

魔族は勇者ハヤトの問いに答える気がないようだ。

「あれは魔神の呪いだったのですね……」

神官ロレイヤが悔しそうに唇を噛《か》んだ。

「愚神だと！　聖なるパリオン神を愚弄《ぐろう》するとは許せん！」

黒騎士が怒りの声をあげて駆け出した。

彼が偵察隊から抜擢《ばってき》した高レベル戦士二人も釣られて駆け出す。

事前の打ち合わせでは、後衛の大魔法で雑魚を一掃してから突撃する予定だったのに、そんな事は頭の片隅にも残っていないようだ。

「あのバカ――」

勇者ハヤトが舌打ちする。

無駄に高い身体能力で、黒騎士は既に範囲魔法の効果圏内にいる。

「見捨てるわけにもいかん。作戦変更だ、行くぞ！」

勇者ハヤトがルススとフィフィを伴って駆け出した。

「勇者は私が相手をするザァマスよ」

魔族がそう指示を出すと、中型砂塵兵達が一斉にこちらに殺到してきた。

メリーエスト皇女とリーングランデ嬢が詠唱が終わっていた魔法を破棄し、新しい詠唱を始める。

「ご主人様」

リザが参加したそうにこちらを見る。

タマとポチも同様だ。

「オレ達は雑魚を担当しよう」

「承知！」

「あいあいさ～？」

「らじゃなのです」

「イエス・マスター。砂まみれの獣よ！　水浴びを推奨すると告げます！」

獣娘達とナナが中型砂塵兵達を迎え撃つ。

「それじゃ、わたし達はここから援護と行きますか」

「あいつらに矢や風魔法は効かない。火魔法と土魔法も威力が半減する。水魔法や爆裂魔法がお勧め」

弓兵ウィーヤリィがアリサに教えてくれる。

呪文《じゅもん》詠唱を始めたリーングランデ嬢やメリーエスト皇女の代わりにだろう。

「もしくは砂の間に微《かす》かに見える光を頼りに――」

魔弓を引くと、中型砂塵兵の一体に狙《ねら》いを付ける。

「――魔核《コア》を撃ち抜いて」

連続して放たれた三本の矢が赤い光跡を残しながら中型砂塵兵の胸に吸い込まれ、見事に魔核を撃ち抜いてみせた。

「運が良かった。普通は何回も射ないと当たらない」

AR表示によると、砂塵兵の砂っぽい表皮の部分が障壁になっている。その障壁に隙間《すきま》があり、そこを狙う事でクリティカルヒットが狙えるようだ。

「……■　破裂《クイック・バースト》」

「……■■■　■　鋭貫稲妻《ピアッシング・ボルト》」

リーングランデ嬢の爆裂魔法やメリーエスト皇女の雷魔法が炸裂《さくれつ》し、さらに二体の中型砂塵兵が破壊される。アースされているわけじゃないと思うが、雷魔法も効きが悪い印象だ。

「……■　水剣山《スプラッシュ・ニードル》」

「……■■　豪火爆《ブラスト・ボム》！」

二人に負けじと、ミーアの水魔法とアリサが使う爆発するタイプの火魔法も中型砂塵兵を屠《ほふ》る。

「やるじゃない」

「へへん、伊達《だて》にミスリルの探索者をやってないわ」

リーングランデ嬢の褒め言葉に、アリサがニヤリと笑みを返した。

「……魔法なら中級で十分破壊できるから、お供の排除は魔法使いの方が向いている」

ちょっと不満そうに弓兵ウィーヤリィが呟く。

「やってみる？」

「はい、狙い撃ちます！」

ルルが狙撃《そげき》タイプの火杖銃《ひつえじゆう》を構え、パパパンと三連続で火弾を放つ。

それは寸分違《たが》わず魔核に命中し、三体の中型砂塵兵を屠った。

「当たりました！」

「——嘘《うそ》っ」

無邪気に喜ぶルルと驚愕《きようがく》する弓兵ウィーヤリィの対比が凄《すご》い。

卓越した弓使いであるウィーヤリィから見ても、ルルは優秀なようだ。

オレは火杖《ひづえ》や雷杖《かみなりづえ》を使う偵察隊に交ざって、ナナ達に中型砂塵兵が集中しすぎないように牽制《けんせい》する。いつもの黄金装備なら何十体集《たか》っても大丈夫だろうけど、今は「城砦防御《フォートレス》」未実装の公開装備だから、フォローは厚めにしておいた。

獣娘達は小盾を持ったポチがサブ盾、二刀流で攻撃を受け流すタマが回避盾として、メイン盾をするナナが囲まれないように左右を守っている。

そして、リザが三人の間を縫うように移動し、鋭い突きで的確に砂塵兵の魔核を打ち砕いていた。

そんな前衛陣の向こう。勇者ハヤト達が戦う主戦場の方から、黒騎士と一緒に飛び出していった戦士の一人が血みどろで吹き飛ばされてきた。足が変な方を向いているし、肋骨《ろっこつ》が何本も胸を突き破って飛び出ている。

「――幼神慈愛《アフェクション・ヒール》」

そんな戦士に神官ロレイヤの上級神聖魔法が飛んだ。

光に包まれた戦士の傷がみるみる癒えていく。上級魔法薬並みの回復量だが、肋骨が自動で正しい位置に復元していく様は上級魔法薬では見られない。

偵察隊の何人かが戦士に駆け寄り、彼を安全圏へと引き戻した。

「ぬおおおおおお！」

黒騎士が雄叫《おたけ》びをあげながら、魔族砂塵兵の攻撃を黒鋼の盾で受け流している。

レベル差があるのに、なかなか善戦しているようだ。

「サガ帝国制式剣術――茨薔薇囲い《ローズ・エンクロージャー》」

黒騎士が必殺技のようなモノを使う。

よく見ると魔剣の赤い軌跡が薔薇《ばら》の花びらに見えなくもない。まあ、気のせいだろう。

「無理をするなリュッケン！」

「そうそう！　攻撃はあたしらに任せなよ」

ルススが両手に持った二本の大剣で、フィフィが変わった形の大斧《おおおの》で魔族砂塵兵を攻撃した。

武器の性能差なのか、二人の通常攻撃は黒騎士の必殺技並みのダメージを与えている。

「なんの！　茨薔薇囲いは言わば前座、ここからが本番！　いくぞ、繚乱滅殺《デスローズ・ガ》——ぐぼっ」

技の発動モーション中に魔族砂塵兵の直撃を喰《く》らって、先ほどの戦士と同じように吹き飛ばされていった。一緒に戦っていたもう一人の戦士も巻き込んでの退場だ。

「相手の体勢を崩す前に足を止めるから」

「ばっかだよなー」

ルススの言葉を受け、斥候セイナがいつの間にか魔族砂塵兵の足下に魔導爆弾を投げ込み、短《たん》杖《じょう》タイプの火杖で点火した。

「——今だ！」

魔族砂塵兵の意識が足下に逸《そ》れた瞬間を狙って、勇者ハヤトが魔族砂塵兵の上半身を盾攻撃《シールド・バッシュ》で強打して相手の体勢を崩した。

「うおらあああ！　双刃乱舞《ツインブレイド・ダンス》！」

「はっはあああ！　獣王斬門《ブラッドリー・バスター》！」

すかさずルススとフィフィが魔族砂塵兵の左右の膝裏《ひざうら》に必殺技を叩《たた》き込む。

「《歌え》アロンダイト‼」

勇者ハヤトが聖剣の聖句を唱え、さらにユニークスキル「最強の矛《つらぬけぬものなし》」がその威力を高める。

転倒しそうな不自然な体勢から繰り出された魔族砂塵兵の蹴《け》りを聖剣で斬《き》り飛ばし、死角から襲ってきた魔族砂塵兵の蛇腹剣のような尻尾《しっぽ》攻撃をユニークスキル「無敵の盾《つらぬけるものなし》」の力が宿った聖盾で受け流す。

魔族砂塵兵の長い尻尾の先端は蠍のそれではなく、槍《やり》の穂先のように尖《とが》っている。

迂闊《うかつ》に喰らうと串刺《くしざ》しにされそうだ。

「まだまだあああザマァアアアス！」

死に体に見えた魔族が、空中に足場を作り起死回生の突撃を仕掛けてきた。なかなかしぶとい。

勇者ハヤトにとって、その攻撃は想像の範疇《はんちゅう》にあったらしく、焦る事なく腰を落とし剣を後ろへと引いて待ち構えていた。

「――閃光延烈斬《シャイニング・ブレード》」

鮮やかな青い烈光が弧を描き、突進してきた魔族砂塵兵を真っ二つに斬り裂いた。

「ザマァアアアアアアアアアアアアアアアアス」

断末魔のような叫びをあげ、砂塵兵が砂に変わって地面に降り注ぐ。

――まずい。

砂の中に黒い影を見つけた。砂塵兵から分離した魔族だ。

勇者ハヤトがその存在に気付き、剣を構え直す。

だが、彼は剣を振り抜かず、肩の力を抜く。

なぜならば――。

「シガ王国制式剣術――奥義『桜花一閃《おうかいっせん》』」

涼やかな声がして、一陣の風とともに現れた美女――リーングランデ嬢が魔族を斬り裂いてみせたからだ。

桜の花びらに似た魔刃の砕片がエフェクトのように散り、魔族が黒い靄《もや》へと還元される。

オレも「桜花一閃」もどきを使えるけれど、何度練習してもあんな風に儚《はかな》げなエフェクトが出ないんだよね。

「あっちも終わったみたいね」

戦いを終えたアリサがオレにもたれかかる。

「ん、疲れた」

ミーアもオレに身体《からだ》を預けてきた。

後半は獣娘無双になっていたようだが、こちらの戦いも終わったようだ。

「ロレイヤ、リュッケンを治療してやってくれ」

「分かりました。ミーアさん、ハヤト達の治療をお願いできますか？」

「ん、了解」

オレにもたれていたミーアがこくりと頷《うなず》く。

「敵が自爆するのは予想外でしたが、私達にも油断があったようです」

「はいなのです。ポチは小盾の『ばりあ』を起動するのを忘れていたのですよ」

「同意。当該自爆機へのシールド・バッシュが遅れたと反省します」

「なんくるないさ〜？」

獣娘達とナナが反省会を開いている。

無傷で回避していたタマは、三人を慰めているようだ。

三人とも掠《かす》り傷だったみたいだけど、レベル三〇級の敵を相手に怪我《けが》をするようなら、魔王戦に参加させるのは危なすぎる。

公開装備を作り直すのは急務のようだ。

見た目はそのままで、黄金鎧《よろい》並みの性能を実装できないか考えてみよう。

魔法回路《サーキット》や固有亜空間内の装置は流用できるから、それほど時間を掛けずに作れそうな気がする。

しばらくは睡眠時間を削る事になりそうだけど、仲間達の安全には代えられないからね。

◆

「ずいぶん早く取り巻きの砂塵《さじん》兵を倒せたんだな」

治療を終えた勇者ハヤトがメリーエスト皇女に問う。

「あの子達のお陰よ」

「なるほど、見た目と違ってレベルに相応《ふさわ》しい強さがあるんだな」

勇者ハヤトがナナや獣娘達を見る。

まあ、武人らしいリザはともかく、他《ほか》の子はたおやかな美女と幼気《いたいけ》な子供達だからね。

「それ以上。この子の命中率は私を超える」

弓兵ウィーヤリィがルルの肩をポンと叩いて勇者ハヤトに自慢する。

「次期弓聖って言われているウィー以上？」

「そ、そんな！　私なんてご主人様に比べたらまだまだです」

「謙遜《けんそん》はいい。ルルは凄腕《すごうで》。問題は武器――」

弓兵ウィーヤリィがルルの狙撃用火杖銃を手に取る。

「――いい銃。でも、そろそろ威力に不満が出ているはず。弓と違って銃は武器の性能が威力を決める。これだとレベル四〇級の敵には通じない。違う？」

「はい、その通りです」

ルルが素直に頷く。

レベル四〇級には輝炎銃や光線銃を使っているからね。

「ルルにもっと腕力があったら、魔弓を勧めるけど――」

弓兵ウィーヤリィがルルの白魚のようにたおやかな手を取って首を横に振った。

「――今からじゃ、たぶん転向は無理」

「はい、弓はあまり向いていませんでした」

ルルは最初から魔法銃を使っていたからね。

「ハヤト、無限収納《インベントリ》から、預けておいた金雷《きんらい》狐《こ》銃を出して」

「金雷狐銃？　ああ、命中率が悪すぎて使わなかったヤツだな」

勇者ハヤトがそんな事を言いながら、フリントロック式の長銃を取り出した。白い銃身や土台に雷や狐《きつね》をイメージした金色のレリーフが刻まれている。魔法銃の一種だ。

「ルル、これを撃ってみて」

弓兵ウィーヤリィが示す六〇メートルほど先の岩を狙《ねら》って、ルルが金雷狐銃を構える。

「狙い——撃ちます」

ルルが引き金を引くと、金雷狐銃の上を小さな紫電が走り、バチバチと激しい放電を伴う球状の雷弾が目標の岩に向かって撃ち出された。

まっすぐ命中するかに見えた雷球弾だったが、目標の少し手前で戸惑うように軌道がブレて岩を掠める事なく外れた。

「外れちゃいました。もう少し撃っていいですか？」

「構わない。消費魔力が多いから注意して」

許可を貰《もら》ったルルが、二発三発と金雷狐銃を撃つが、雷球弾はランダムとも思えるズレを生じさせて狙いが外れる。

ルルが思案顔で、なおも銃撃を続ける。

「それは命中率が悪すぎて小物退治には向かないけれど、的が大きな巨獣や建造物には使える」

「——分かりました」

ルルが銃撃を止《や》めた。

「うん、小物には今までの銃を。大物にはそれを使うと——」

弓兵ウィーヤリィはルルが的に当てるのを諦《あきら》めたと思い込んだようだが、何かを掴《つか》んだかのようなルルのキラキラした表情から、そうではない事が分かる。

「狙い――撃ちます」

「――え？」

「当たりました！　続けて行きます！」

見事に金雷狐銃の雷球弾を岩に命中させたルルが、続けざまに雷球弾を命中させて巨大な岩を砕いた。

毎回、銃口を動かしているところを見るとまぐれ当たりではないようだ。

「ど、どうやって当てた？」

「――はい？　狙って、ですけど？」

弓兵ウィーヤリィがルルの肩を掴んで迫る。

「狙っただけで当たるわけがない！　金雷狐銃は気まぐれ」

「そう言われましても……」

ルルが困り顔で助けを求めてきたので、二人の間に割って入った。

「落ち着いてください、ウィーヤリィさん。ルル、どういう風に狙ったのか教えてくれるかい？」

「はい、ご主人様。あの雷の球弾は風の流れに影響を受けやすいんです」

「待って。風の流れなら私も読んだ。無風でもあの銃は着弾位置が変わる」

「ええ、そうなんです。だから、もっとよく見たんです。そうしたら、空気の密度や温度の違いで

も影響を受けているのが分かったんです」

「……空気の密度や温度？」

弓兵ウィーヤリィが意表を突かれた顔で呟《つぶや》いた。

スナイパー・ルルは凡人とは違うモノが見えているようだ。

「そんなモノが見えるの？」

「風を読むのと同じですよ。わずかな空気の揺らぎで分かります」

いや、さすがに——。

分かるわけないと言いかけたが、意識してみると確かに分かる。

たぶん「風読み」スキルのお陰じゃないかと思う。スキルもないのに素で見えるルルは、やっぱり狙撃《そげき》の才能があったとしか言いようがない。

「ちょっと借りていいですか？」

オレはそう言って弓兵ウィーヤリィの許可を貰って、金雷狐銃を撃ってみる。

最初の二、三発は外れたが癖を掴む事ができた。三発目以降はルルと同じように命中させられたが、彼女ほどスムーズには当てられない。威力は輝炎銃並みだが、なかなか癖の強い銃だ。

「サトゥーまで……。自信喪失しそう」

「ご主人様は私の銃のお師匠様ですから」

ルルの変なフォローを聞いて、肩を落とした弓兵ウィーヤリィが諦めにも似た笑みを浮かべ、近くで見ていた勇者ハヤトの方を向く。

「この師弟は普通じゃない」

――失礼な。

「そう言うな、ウィー」

「ちょっとした愚痴だから、聞き流して。それより、金雷狐銃はルルにあげる。いいよね、ハヤト?」

弓兵ウィーヤリィの問いに、勇者ハヤトが笑顔で首肯する。

彼はどこか事の成り行きを楽しんでいるようだ。

「いいみたいだから、受け取って。これはきっとルルの力になる」

突然の申し出にびっくりするルルが視線で助けを求めてきたので、オレも勇者ハヤトに倣って首肯しておいた。後で仕組みを調べさせてもらおう。

「リュッケン殿の治療が終わりました。血を流しすぎていますから、しばらく静養が必要です」

「サムライ二人は?」

「ルドルー殿は意識が回復していませんが、カゥンドー殿は打撲だけだったのでいつでも戦闘に復帰可能です」

そんな会話をする勇者ハヤトと神官ロレイヤの足下に、興味津々の顔をしたポチとタマが寄ってきて下から見上げている。

「どうしたの?」

「お侍様って聞こえたのです」

「興味あるる〜？」

それなら、と神官ロレイヤが打撲だけだった戦士——サガ帝国のサムライに二人を紹介してくれた。

「サムライに興味があるのでござるか？」

「あい」

「ポチ達はカジロ先生に教えてもらったのです」

「カジロ——聞いた事があるな。たしかルドルーと同じジィ・ゲイン流だったかな？　それがしはスイン・カァーゲ流免許皆伝のカゥンドーと申す」

カゥンドー氏は子供好きなようで、フレンドリーにタマとポチに接してくれている。

「セイナ、あの猫耳の子の腕はどうだ？」

「足運びもルスス並みだし、罠《わな》の発見能力はボクと変わらない感じだよー」

「回避能力もたいしたものね。接近戦なら少なくとも私と同じくらいは戦えると思うわ」

「リーン並みの接近戦能力か——あの橙鱗《とうりん》族の子は？」

「あの子は別格ね。今日からでもハヤトの従者が務まるくらい戦えるわ。もしかしたら、ジュレバーグ卿《きょう》並みかも」

「ジュレバーグ——シガ八剣筆頭の『不倒』殿か?!」

「信じられない？」

「いや、リーンの見立ては信頼している」

「信頼ついでに言うと、ナナって大盾の子もサガ帝国の近衛《このえ》やシガ八剣のレイラス卿くらいの安定度はあるし、ハニーちゃんは私やメリーに匹敵する魔法戦能力があるわ。エルフの子は実力を隠していたみたいだけど、攻撃も回復もどっちもいける後衛の要《かなめ》ね」

仲間達が手放しで褒められるのを聞くと、実に誇らしい気持ちになるね。

「なら、大丈夫か——サトゥー」

勇者ハヤトに呼ばれたのでそちらに歩み寄る。

「はい、なんでしょう？」

「お前達の実力はよく分かった。魔窟《まくつ》の一つを調査してほしい。もちろん、サガ帝国の調査チーム二つと補給班を付けよう。やってくれるか？」

「はい、お任せください。ですが、探索は私達だけで十分です。ミーアの魔法は探索に向いていますから」

「連れて行きなさい。サトゥーの実力は分かっているけど、第三者の検証がないと信じない困った子達が多いのよ」

メリーエスト皇女に「あの会議を見たんでしょ」と言われては頷《うなず》かざるを得ない。

気絶していた戦士が目覚め、黒騎士がなんとか歩けるようになったところで、オレ達は魔窟の外へと出る事にした。

なお、「最奥の間」に魔王はいなかったが、独走のペナルティとして黒騎士達サガ帝国の調査部隊は、このまま魔窟の調査を続行する事になったらしい。もちろん、後続部隊が到着してからのスタートだ。

◆

「それじゃサトゥー、俺様達はこの魔窟を調査する。お前はさっき頼んだ第六魔窟を頼む」

「はい、承知いたしました」

勇者ハヤトの言う第六魔窟というのは、調査人員が何度か行方不明になった曰《いわ》く付きの場所らしい。五大魔窟に次ぐ規模の魔窟らしいが、それらと比べたら半分ほどの規模しかないそうだ。

なお、肝心の魔王だが、今から勇者ハヤト達が調査する魔窟の隠しエリアに潜伏しているのが判明しているので、マーカーを付けたうえで勇者ハヤト達が魔王を発見するのを見守ろうと思う。

ちなみに魔王「砂塵《さじん》王」はレベル六二でオレがこれまで戦ったどの魔王よりも圧倒的にレベルが低い。

勇者ハヤトのレベル六九と比べても格下だが、魔王の持つユニークスキルによっては侮れない強敵になるので、勇者に加勢するのは確定だ。従者達や仲間達にとっては、格上の敵になるので注意が必要だろう。

ユニークスキルなどはアリサと同様に隠蔽《いんぺい》されていてマップ情報にも表示されなかった。このあたりは勇者ハヤトから教えてもらった魔王の情報から推測するしかない。

「――――いいの？」

「ああ、彼が発見しそうなタイミングで応援に行くよ」

アリサの問いに首肯する。

オレ達はサガ帝国の中型飛空艇に乗り込み、オレ達のサポートに割り当てられた偵察班や輸送班と一緒に第六魔窟へと向かった。

「ペンドラゴン子爵閣下、探索計画はどのように？」

「まず、地上拠点を作ったら、しばらく待機だ」

「待機、でござるか？」

「君達は連日の探索行で疲労が溜《た》まっている。三日ほど、完全休養を取ってくれ」

過半数の隊員が「過労」状態なのは捨て置けない。

オレが預かる人員が過労死するなんて、寝覚めが悪いにも程があるからね。

「ですが、勇者様から与えられたそれがし達の任務は、子爵閣下の指揮下で調査を行う事でござる」

「うん、分かっている。だから、三日間は入り口から数時間の範囲内の砂塵兵や魔物を狩りながら予備調査をするだけにしておくよ。本格的な調査は君達が休養を終えてからだ」

調査自体は入った瞬間に終わるし、仲間達には修行兼狩りを楽しんでもらって、オレはその間にエルフの里に行ってエリクサーの生産や仲間達の新公開装備の製造をしようと思う。

調査隊の隊長――ポチとタマが懐いていたスィン・カァーゲ流免許皆伝のカゥンドー氏は、しばしの問答の末になんとかオレの方針を受け入れてくれた。

「それじゃ、ちょっと行ってきます」

「くれぐれもご無理はなさらぬよう」

心配そうなカゥンドー氏に手を振って、オレ達は第六魔窟の中へと入った。

すぐさま「全マップ探査」を使う。

――げっ。

「どうしたの、ご主人様？」

「何かいた？」

絶句したオレをアリサとミーアが心配そうに見上げる。

「ここは魔王信奉集団『自由の光』の拠点があるみたいだ」

事前情報だと五大魔窟の半分くらいのサイズと聞いていたが、実際には幾つかの隠し通路の先に広大な空間があった。貰《もら》った地図にない秘密の出入り口が何個もあるようだ。

隠し通路の先には魔族に憑依《ひょうい》された構成員もいる。祭壇みたいなものもあるから、意外と重要な場所だったのかもしれない。

行方不明者が出たのは隠し通路を見つけてしまったか、構成員を発見してしまったからかもね。

「潰《つぶ》しに行く？」

「構成員に憑依している魔族の等級が分からないし、逃げ出せそうな脱出通路がいっぱいあるから、十分な人員が揃《そろ》ってからにしたいね」

オレが一人で奇襲する手もあるけれど、ここは構成員の人数が多すぎる。一〇〇〇人近い下層構成員を相手にしている間に、幹部構成員に逃げられたら元も子もないからね。

今はレベルの高い構成員や幹部構成員にマーカーを付けておくだけにしよう。

「それじゃ予定通り、少し入った先で砂塵兵や魔物を狩っていてくれ」

オレはアリサに第六魔窟の地図を渡し、隠し通路のある場所に印を付けて近寄らないように注意しておく。

「安全には留意するようにね」

人のいない場所では黄金鎧《よろい》に変更してもいいと告げ、オレはアリサから「魂殻花環」を借り、ボルエナンの森へとユニット配置で移動した。

ボルエナンの森のハイエルフ、愛《いと》しのアーゼさんとイチャイチャする暇もなく、借りっぱなしになっているトラザユーヤ氏の研究所でエリクサーを製造する。

中間素材はエルフの錬金術士達に作ってもらっていたので、今回は最終段階だけだ。

それでも一朝一夕では終わらないので、三日間通う事になる。

エリクサーを錬成する合間に、エルフの職人さん達の協力を仰ぎつつ仲間達の為《ため》に新公開装備の製造も行った。昼間の調査時間中だけだと三日間で終わりそうになかったので、皆《みんな》が寝静まった夜にも製造作業を続ける。

その甲斐《かい》あって、何本ものエリクサーと白銀装備とも言うべき可憐《かれん》な新装備が完成した。

白銀装備は黄金装備の八割ほどの性能しかないが、ナナの装備にはフォートレス機能を、他《ほか》の子達の装備には使い捨ての新防御盾——ファランクスを搭載する事ができた。

　黄金装備ほど目立つ外見じゃないのも重要なポイントだ。後衛もドレスアーマーではなく、前衛陣とお揃いになっている。オリハルコン繊維や大怪魚《トヴケゼエーラ》の銀皮繊維は誤魔化《ごまか》しようがなかったからだ。

　完成した装備を皆に渡し、衝立《ついたて》越しに留守中の出来事を尋ねる。

「調査の方はどうだった？」

「けっこう倒したけど、相手が弱すぎてレベルが上がらなかったわ」

　砂塵兵の他に、大蠍《おおさそり》や毒蛇、ワームや巨大スカラベ、マミーなどの魔物が出たそうだ。

「そういえばお宝もけっこう出たわよ」

「盗賊も」

「——盗賊？」

「うん、外から戻ってきた盗賊が空間魔法の索敵に引っかかったから、退治して兵隊さんに突き出しておいたわよ」

　なんでも魔窟の中にアジトがあったそうだ。

　盗賊が「自由の光」と関係があるのかは分からない。わざわざ尋問して、「自由の光」掃討作戦が漏れてもいやだしね。

「財宝がざっくざくだと報告します」

「楽器や譜面」

「魔法書もあったけど、知らない言葉で読めなかったわ」

アリサが「読める？」と尋ねてきたので「たぶんね」と答える。

衝立の向こうから差し出された魔法書をパラパラと斜め読みしてみた。

「ほとんどがパリオン神国の文字だよ。どれも初級魔法の本ばかりみたいだね。見覚えのない魔法や魔法理論がシガ王国と違うのもあるから、今度翻訳してあげるよ」

使えるモノがあればラッキーって感じだ。

「じゃじゃん～？」

「しゅぴーん、なのです！」

着替えを終えた仲間達が衝立の向こうから出てきた。

皆、よく似合っている。

「ちょっとお洒落《しゃれ》ね。それに金属鎧とは思えないくらい軽いわ」

「かわい～？」

「とってもきゅーとなのです！」

「お気に入り」

「イエス・ミーア。ブックマークに登録したいと告げます」

ナナの謎《なぞ》発言は少し気になるが、新装備を気に入ったというのはよく分かる。

「私がこのように瀟洒《しょうしゃ》な鎧を着ても良いのでしょうか？」

「リザさんも、とってもお似合いですよ」

リザとナナの装備は可愛《かわい》さよりも、女性的なラインを重視した格好いい装備になっている。リーングランデ嬢の鎧を参考にしてみた。オレの鎧もお揃いだが、胸部は一般的な鎧風にしておいた。

「ご主人様の鎧も格好いいわね。もっと着たらいいのに」

「ありがとう。強敵の時はそうするよ」

軽いけど高速移動時に邪魔に感じるんだよね。浮遊盾に使った回路で軽く感じるけど、質量と慣性はそのまま変わらないからだ。

「マスター、新しいフォートレスは障壁が狭いと報告します」

「起動時は障壁を折り畳んであるんだよ。基準点は動かせないけれど、そこから上下左右に展開できるんだ」

ナナに白銀鎧の性能を説明する。

ちなみに一度展開した後は畳み直せないので注意が必要だ。

「黄金鎧のフォートレスよりも出力が落ちているから、強い攻撃は折り畳んだ状態で受けるようにして。展開状態だと三割減だけど、折り畳んだ状態なら二割増しの強度があるから」

「イエス・マスター、展開スイッチを把握。クローズモードとオープンモードの慣熟訓練に移行します」

ナナがテストを始めたので、仮想敵用のゴーレムを何体か作って離れる。

「他の皆は新装備の使い方を教えるよ。ファランクスは使い捨ての緊急防御盾だ」

フォートレスの一部を切り取って展開速度をアップしてみた。

「発動すると、こんな感じに展開される。左右に少し広いから、ファランクスの展開時に味方を巻き込まないようにね」

　オレが試しに起動してみる。

「けっこう速いわね」

「緊急用だから発動速度には拘《こだわ》ってみた。その代わり、展開時間は数秒しかないから注意して」

　アリサに答え、ファランクスから離れてみせる。ファランクスは空間魔法の「次元杭《ディメンジョン・パイル》」や「隔絶壁《デラシネーター》」の理論を使用しているので、展開した場所に残る。

「こんな感じになるから、離脱タイミングに注意するようにね」

　発動に聖樹石炉の魔力をかなり喰《く》うので、加速砲の砲撃直後は使えない点をルルに注意しておいた。

「連続使用は二回まで。三回目を使ったら回線が焼けちゃうから注意して。そうなると鎧のアシスト機能も停止しちゃうから、最後の手段と考えてくれていい」

　皆が真剣な顔で頷《うなず》く。

　まあ、オレが一緒なら、ユニット配置で安全圏に引き戻すから大丈夫なんだけどさ。

　続いて新公開武器を仲間達に渡す。彼女達の非公開装備を魔剣化しただけのヤツだ。リザはいつもの「魔槍《まそう》」ドウマだが、予備として下級竜——迷宮下層の邪竜親子に貰った爪《つめ》を「骨加工《ボーン・クラフト》」の魔法でまっすぐにした竜爪槍《りゅうそうやり》を渡しておいた。

　竜槍のように「全《すべ》てを貫く」力はないけれど、普通の魔槍より貫通力が高いので便利に使い分けてほしい。

ルルには使い捨ての魔力砲や加速砲を渡しておく。加速砲は加速魔法陣が三枚しか出せないので、一〇〇枚以上加速魔法陣が出せる秘匿装備の加速砲には遠く及ばない。魔力砲は艦載の小型砲並みなので、それなりに使えるだろう。

どちらも戦国時代の抱え大筒みたいな太さになってしまったので、ちょっと使いにくいかもしれない。

「いつものより伸びが悪い気がするのです」

「なんくるないさ～」

「ポチ、道具のせいにしてはなりません。腕の延長となるまで使いこなしなさい」

「はいなのです！　ポチは頑張るのですよ！」

獣娘達に釣られて、他の子達も新装備のテストを行う。

こうしてオレ達は新装備の慣熟訓練を終え、翌日からはサガ帝国の調査部隊と一緒に第六魔窟《まくつ》の調査を行った。

オレのマップ情報を元に仲間達が事前に調査を終えていたので、特に事故もなくサクサクと調査は進む。

勇者ハヤトと別れてから五日目、そろそろ魔王信奉集団「自由の光」の拠点を発見しそうなタイミングで、聖都の書記官リロから連絡が届いた。

――勇者、魔王発見せり。

どうやら、「自由の光」の掃討作戦は魔王退治の後になりそうだ。

◆

「ハヤト様、お待たせしました」

魔窟の深部にある中継基地には、勇者ハヤト達や黒騎士達サガ帝国勢に加え、六名の神殿騎士や多数の神官達が集まっていた。オレ達は最後だったらしい。

「サトゥー、こっちだ」

勇者ハヤトに呼ばれ、地図が広げられたテーブルで打ち合わせに参加する。

魔王がいる大広間には五つの通路があり、それぞれの通路に繋《つな》がる部屋を魔族が憑依した大型砂《さ》塵《じん》兵が守っているそうだ。

マップ情報によると、大型砂塵兵はどれもレベル五〇以上で魔族が憑依している。

迷宮で言えば「区画の主《エリア・マスター》」級だし、それなりに強敵と言えるだろう。

「五箇所同時に攻める。四箇所は魔王を逃がさない為の牽制《けんせい》を行い、選抜メンバーで一番広い正面の通路を突破する」

勇者ハヤトが地図をなぞりながら作戦を伝える。

「私は絶対に選抜メンバーに参加しますぞ！」

「聖下より、魔王討伐に参加せよと命じられている。我らも選抜メンバーへの参加を希望だ」

黒騎士と神殿騎士団長が血走った目で勇者ハヤトに要求する。

「リュッケン、お前は後背の第三通路を任せる。ルドルーとカゥンドーは第四を。モーキリス殿には第二を頼みたい」

勇者ハヤトがそう告げると、怒声が中継基地に響いた。

皆、魔王を討伐する栄誉が欲しいらしい。

過去二回ほど魔王と戦った経験から言わせてもらうと、自殺行為だと言わざるを得ない。レベルから考えて、あれほどの強敵じゃないとは思うけどさ。

「分かった。リュッケンとモーキリス殿は俺様達に同行してくれ、ただしそれぞれの部隊は最初に言った通路を担当する事が条件だ」

「聖剣ブルトガングを持つメーザルトもだ！」

「ならば、我が配下のルドルーも参陣を許可されたい！」

「これ以上の譲歩はない。それが嫌なら、それぞれの通路を突破して魔王討伐に参加しろ」

自派閥の強化を目論《もくろ》む二人に、勇者ハヤトがキレた。

まあ、魔王との激闘が待っているのに、こんな事でぐだぐだごねられたらキレてもいいと思う。

「リュッケンの抜けた穴はルドルーに受け持ってもらう。モーキリス殿の代わりは貴殿が任命してくれ」

勇者ハヤトの剣幕を見て引き時と判断したのか、黒騎士と神殿騎士団長もしぶしぶといった態度を崩さずに作戦を了承した。

「サトゥー、大変だが第五を頼めるか？」

「はい、承知いたしました」

できれば勇者ハヤトに同行して彼をサポートしたかったが、これ以上人事で彼を悩ますのは忍びないので素直に承諾した。

メリーエスト皇女から各隊の隊長と副隊長に鈴型の魔法装置が配られる。

作戦開始や撤退のタイミングは、この鈴が教えてくれるらしい。

簡単なテストをして不具合がない事を確認し、各隊が順番に目的地へと移動する。

オレ達には第六魔窟の調査で一緒だったメンバーが同行するそうだ。隊長のカゥンドー氏だけは他隊を任されているので、ここにはいない。

『ご主人様、戦術輪話《タクティカル・トーク》でリンクしておいたわ。本当に牽制に徹するの？』

『いや、アリサの空間魔法で魔王の逃亡を阻止してほしいから、サクサクと大型砂塵兵を倒して進むよ』

『取り巻きの雑魚砂塵兵は？　ハヤト達が魔王のいる場所に到着するまで大規模な魔法は禁止でしょ？』

派手な魔法を使って魔王に察知されたら、また逃げられてしまうので、作戦会議でそういった行為は厳に禁じられている。

勇者ハヤトが黒騎士や神殿騎士団長の同行を認めたのも、拒否すれば功を逸《はや》って独断専行しそうだったからだろう。

『そっちはオレと偵察隊で手分けして倒すさ。皆《みんな》はメインの大型砂塵兵を始末してくればいい』

全部で五〇体ほどいるけれど、三分もあれば殲滅《せんめつ》できるだろう。

誘導《リモート・アロー》矢が使えれば一瞬なんだけど、オレの使う「魔法の矢《マジック・アロー》」は、威力が大きすぎて着弾音がけっこう大きいのだ。

通路を徘徊《はいかい》していた砂塵兵を、タマと二人でサイレントキルしていき、無事に騒動を起こさずに第五通路へと到着した。

ルドルー隊が少し遅れているが、一時間もしないうちに準備が整うだろう。

オレ達は小休止を取り、皆に温かいスープと惣菜《そうざい》パンを配る。

「美味《うま》い」

「やっぱり、ルルちゃんの料理は最高だな」

「シガ王国の名誉士爵様なんだから、『殿』か『様』を付けろよ」

軽食に舌鼓を打ちながら冗談を言う偵察隊員達に、ルルが「『ちゃん』でいいですよ」と笑顔で言っていた。

彼らの中にルルの容姿を貶《けな》す不届き者はいない。初日にルルが砂塵兵を護身術で倒すのを見せたのが良かったのかもしれない。

「ペンドラゴン閣下、このような匂《にお》いを出して魔物に感づかれませんか？」

「大丈夫ですよ、風の小精霊達に匂いを遮断してもらってますから」

心配する偵察隊員にそう告げると、ミーアに召喚された小シルフが「ばっちりです」と言いたげな態度で、フォンと風音で答えた。

小休止を終え、装備の点検を済ませたところで鈴が鳴った。

これは「全隊配置に到着、準備セヨ」だ。

皆が息を呑《の》み、次の合図を待つ。

呼気や衣擦《きぬず》れの音がうるさく感じるほどの静寂が周囲を満たし、二度目の鈴が鳴った。

「作戦開始します。ナナを先頭に進軍。偵察隊は小型砂塵兵から後衛を守ってください」

オレは作戦を再通達しながら、前衛と後衛の間を進む。

今日の主武装は朱色の魔弓だ。矢はサガ帝国の補給隊から貰《もら》った黒鋼製の逸品を矢筒に入れている。これで中型砂塵兵を屠《ほふ》ろうと思う。

「砂塵兵達よ！　砂は砂に魔物は屍《しかばね》に変わるべきと告げます」

ナナが「灰は灰に」みたいな言い回しで叫ぶ。

挑発スキルを篭《こ》めた言葉に引かれ、砂塵兵達がナナに殺到する。

「まずは、雑魚を進路から排除します」

「らじゃなのです」

「あいあいさ～」

獣娘達が小型砂塵兵を斬《き》り飛ばし蹴飛《けと》ばし排除しながら、一直線に魔族が憑依《ひょうい》した大型砂塵兵へと向かった。

行く手を阻もうとしたデミオーガ級の中型砂塵兵を、ルルと一緒に魔核を狙撃《そげき》して倒す。

アリサの使った「隔絶壁」が、ナナの前に雪崩《なだ》れ込もうとした蜥蜴《とかげ》型の中型砂塵兵を阻止する。

「クケケケケ、美味そうなガキどもザマァアス」

大型砂塵兵が気味の悪い声で叫ぶ。この大型砂塵兵は蠍《さそり》と人間が融合したような姿をしている。前に戦った魔族砂塵兵と同タイプだ。

「油断大敵、火がぼうぼうよ！」

アリサが昭和なセリフを言いながら、豪火弾《ブラスト・ショット》で大型砂塵兵の顔を焼く。

とっさに腕で庇《かば》ったようで、大型砂塵兵には軽いダメージしか与えられなかったが、牽制目的なのでそれでいい。

「下半身がお留守だと忠告します」

ナナのシールド・バッシュが大型砂塵兵の下胸をかち上げ、仰《の》け反った身体に必殺技「魔刃砕壁《ブラスト・アーマー》」を放って、大型砂塵兵の防御障壁を剥《は》ぎ取った。

「ポチは食べても美味《おい》しくないのですよ！」

「タマは食べられない～？」

仰け反った体勢から放たれる苦し紛れな大型砂塵兵の爪攻撃をポチとタマは器用に躱《かわ》し、そのまま細い足首を刈りに行く。

そんなタマとポチを団子のように串刺《くしざ》しにしようと、大型砂塵兵の蛇腹になった尻尾《しっぽ》が死角から襲いかかった。

「たわいなし～？」

タマがアクロバティックな動きで回避し、そのまま大型砂塵兵のアキレス腱《けん》を双剣で切り裂いた。

バランスを崩しながらも、タマに避《よ》けられた尻尾の先端がポチに迫る。

「ふぁらんくすぅ――からの『魔刃旋風《ヴァンキッシュ・スライサー》』なのです！」

新装備のファランクスで尻尾を防ぎ、瞬動で走り込んだ勢いのまま必殺技で大型砂塵兵の足首を切断した。

さらに空歩で宙を駆けるリザが大型砂塵兵の眼前に迫り、心臓の位置にある魔核を発動の速い螺《ら》旋槍撃《せんそうげき》で打ち砕く。

砂のように崩れる大型砂塵兵の陰から、憑依していた魔族が逃げ出そうとしているのが見えた。

「狙《ねら》い、撃ちます！」

ルルの金雷狐《きんらいこ》銃から放たれた雷球弾が魔族を撃ち抜く。

魔族はしぶとく逃げようとしたが、続く二発目、三発目の雷球弾が次々に命中し、魔族を黒い靄《もや》へと変えた。

ミーアの小シルフ達と偵察兵に小型の雑魚砂塵兵の掃討を任せ、オレ達は勇者ハヤトが戦う場所へと駆けつけた。

◆

「カゥルウウウウアアアアアア！」

通路の端にあった岩に登って大空洞を覗《のぞ》き込むと、叫ぶ魔王が見えた。

その姿は先ほど倒した蠍人型の大型砂塵兵に酷似している。

いつの間にか大量発生していた砂塵兵に邪魔されて、勇者達は通路から出られずにいるようだ。

チカチカチカとした光が魔王のあたりで瞬いた。

「ムァウカァアエエエエエケエエエ」

——危機感知。

中の様子を見る為《ため》に登っていた岩から、ポチとタマを抱えて飛び降りる。

次の瞬間、背後から凄《すさ》まじい爆発音が連鎖し、オゾン臭を帯びた砂煙が通路に吹き込んできた。

「ミーア！」

口元を塞《ふさ》ぎながらミーアの名を呼ぶと、フォンフォンフォンフォンと風音がして砂煙が逆流していく。

ミーアの操る小シルフ達が気流を操作してくれたようだ。

マップを確認すると、無数にいた砂塵兵があらかた一掃され、勇者ハヤトを先頭に従者達が魔王に向かって駆けているのが分かった。

さっきの攻撃はメリーエスト皇女とリーングランデ嬢によるものらしい。

オレはさっきの岩にもう一度登る。

——魔王は健在だ。

身体《からだ》の周りに紫金の光でできた巨大な鱗《うろこ》のようなモノ——「反射光鱗《こうりん》」を浮かべている。

あれでさっきの魔法攻撃を防いだに違いない。

「カゥルウウウアアアアア！」

魔王の足下に積層型の魔法陣が生まれる。

「リーン！　逃がすな！」

「……■　魔法破壊《ブレイク・マジック》！」

勇者ハヤトの後ろを走っていたリーングランデ嬢が、魔法発動体の杖《つえ》を振るとガラスを割るような音を立てて、魔法陣が破壊された。

『アリサ、ここから魔王の転移を阻害できるか？』

『あたぼうよ！　空間魔法使いアリサちゃんの真骨頂を見せてやるわ！』

アリサを岩の上に引き上げて魔法を使ってもらう。

効果範囲を拡張する為に、秘匿装備である「晶枝《エメラルド・ブランチ》の杖」の使用を許可した。

『結界を張れたわ。あとはハヤト達が魔王に勝つだけね』

『ありがとう、アリサ。オレ達はここから魔王の部下達を狩ろう』

オレはミーアとルルの二人も呼び、勇者ハヤト達の邪魔をする大型砂塵《さじん》兵達を狩ることにした。

「ぐれいと〜？」

「ルスもフィフィも、とってもとっても強いのです！」

オレ達が遠隔武器と魔法で大型砂塵兵達を狩っていると、興味を惹《ひ》かれたタマとポチが岩に登ってきた。

後ろにはリザとナナもいる。

「さすがはサガ帝国の勇者様。他《ほか》とは一線を画しますね。あの守りに一撃を入れるのは難しそうです」

「イエス・リザ。あの攻撃を防ぐのは至難の業だと評価します」

——こらこら。

なぜ自分達が勇者と戦う前提で見るかな。

「ご主人様、勇者様が——」

ルルの声で視線を戻すと、勇者達が魔王と接近戦を始めるのが見えた。

あの紫金に光る反射光鱗がルスやフィフィの攻撃を軽々と弾《はじ》き返し、勇者のユニークスキル「最強の矛《つらぬけぬものなし》」と聖句で強化された聖剣アロンダイトをも受け止める。

勇者の聖剣なら数枚の反射光鱗でも貫通するようだが、魔王本体には届いていない。

メリーエスト皇女とリーングランデ嬢が放つ単体攻撃の魔法をも反射してみせる。

反射光鱗の隙間《すきま》を狙った弓兵ウィーヤリィの矢は、魔王の身体を守る砂嵐《すなあらし》のような障壁が防いだ。

「あの魔王は防御特化なのかしら？」

「いや、あれは攻防一体の技みたいだ」

突撃した黒騎士と神殿騎士団長の二人が反射光鱗の洗礼を受けて、盾や鎧《よろい》の一部を切断されていた。

「びゅんびゅん動くのです」

「避けるのたいへんそ～？」

「ファランクスなら防げるかしら？」

「たぶん、一発や二発は防げると思うよ」

神殿騎士団長の鎧を切り裂いた感じからしてそのくらいだ。

――げっ。

二人のフォローをしようと接近しすぎたルススの足が反射光鱗で切断され、ルススを救出に向かったフィフィの鎧が大きく切り裂かれた。

「痛そ～」

「救急隊の出番なのです！」

「待ちなさい。向こうには優秀な神官がいます」

救急隊の腕章を付けたタマとポチが飛び出そうとするのをリザが止めた。

フィフィに抱えられたルススが後退する。

「加勢したいけど、あの鱗越しに当てる威力だとハヤト達も傷付けちゃいそう」

「まあ、隙はあるよ」

ルススとフィフィが復帰するまで、勇者ハヤトに攻撃が集中しすぎないように援護しよう。

魔弓で魔王を狙撃してみる。

「当たった」

「さすごしゅさすごしゅ、よくピンポイントに当てるわね」

ミーアが興奮した顔でオレを見上げ、アリサがオレを茶化す。

「あんまりダメージは届いていないみたいだけど、魔王への嫌がらせにはなるだろ？」

何回か攻撃していると、神官ロレイヤの神聖魔法が発動するのが見えた。

足を復元したルススと大怪我《けが》を治したフィフィが戦線に復帰する。

「神官凄《すご》い」

「上級魔法薬並みの回復力ね」

神官ロレイヤが次の詠唱に入るのが見えた。

神聖魔法は詠唱が長いから、必要になる魔法を先読みして詠唱を始めるらしい。

「マスター、他の通路から砂塵兵が応援に駆けつけたと報告します」

「よし、通路出口の守りは偵察隊に任せてオレ達は砂塵兵達を狩るぞ」

オレがそう宣言すると仲間達が元気な声で応《こた》えて駆け出す。

仲間達と砂塵兵を移動狩りしていると、オレ達の横を神殿騎士達が凄い速さで駆け抜けた。彼らは砂塵兵を始末して勇者をサポートするのではなく、魔王討伐に参加する事を選んだようだ。

「まったく。他人様《ひとさま》に押し付けないで、自分達の担当する砂塵兵くらい倒していきなさいよね」

「同感」

アリサとミーアが神殿騎士達を非難する。

名乗りをあげて神殿騎士達が魔王に殺到するのが見えた。黒騎士と牽制《けんせい》し合っていた神殿騎士団長も、それに同調して魔王に突撃する。

「それよりも、掃除を進めないとハヤト達の方に砂塵兵が行っちゃうぞ」

「それもそうね」

オレ達がそう言って視線を戻した瞬間、後方で野太い悲鳴が起こった。

——げっ。

神殿騎士団長が真っ二つになっている。

聖剣ブルトガングを使っていた神殿騎士は無事だけど、他の神殿騎士四人は身体を大きく裂かれて重傷だ。

漁夫の利を狙って魔王との距離を詰めていた黒騎士が、慌てて距離を取る。

「ちょっと助けに行ってくる」

オレはそう言って駆け出す。

「マァアウィヤァアアアアドゥアアアアアアア」

真っ二つになった神殿騎士団長を見下ろしていた魔王が、暗紫色の光を帯びながら天に向かって叫ぶ。

「——閃光螺旋突き《シャイニング・ストラッシュ》！」

隙だらけの魔王の身体に、青い輝きを帯びた勇者ハヤトの聖剣アロンダイトが迫る。

その刃《やいば》が魔王の身体に触れる直前、幻のように魔王の姿が消えた。

『うそっ』

『アリサの転移阻害を突破したのか……』

『違うわ。あれは転移魔法じゃない。何か別な方法で消えたのよ』

『別の方法――ユニークスキルか？』

『うん、たぶんね。ご主人様のユニークスキルみたいな感じだと思う』

試しに一センチほど横にユニット配置してみたら、問題なく転移できた。干渉された感じも受けなかったから、アリサの予想は間違っていない可能性が高い。

『振り出しに戻っちゃったわね。また魔王を捜さないと』

『ああ、だけど魔王の逃亡対策を立てる方が先――』

話しながらマップのマーカー一覧にある魔王の現在位置を確認する。

……マジか。

『どうしたの？』

『魔王がいる場所が分かった。オレ達が調査していた第六魔窟《まくつ》の隠しエリアだ』

『隠しエリアって、「自由の光」がアジトにしている所？』

オレはアリサに首肯する。

魔王が転移で逃げる先が、アジトに固定されているなら話は早いんだけどね。

魔王の逆襲

〝サトゥーです。誰《だれ》しも大切な物はあるものです。小さな頃《ころ》は色紙を貼《は》った小さな箱に、どんぐりや蝉《せみ》の抜け殻などを集めていました。大人から見たらゴミでも、当時は大切な宝物だったのです。〟


「雲の下」

「聖都が見えてきたと報告します」

展望窓から外を見ていたミーアとナナが報告する。

魔王に逃げられたオレ達は、神殿騎士団長の死亡報告をする為に聖都に戻ってきた。

次元潜行船ジュールベルヌが薄い雲を抜け、高度を下げる。聖都のはずれに空港があるようだ。

「パリオン神国にも飛空艇があるんですね」

「シガ王国やサガ帝国の飛空艇と違って、独特の形をしているだろう」

「うふふ、土偶みたいで可愛《かわい》いです」

アリサが余所《よそ》行《ゆ》きの口調で、オレと勇者ハヤトの会話に交ざってきた。

フルー帝国時代の遺物という縄文土器風の船体に、帆船のマストを翼のように生やしている。全部で四隻ほどが空港の桟橋に係留されており、双胴型の中型飛空艇には人足達が物資を運び込んでいるところのようだ。

地上で旗を振る係員に従ってジュールベルヌが埠頭《ふとう》に接舷《せつげん》し、四人の神殿騎士達が下部ハッチから神殿騎士団長の遺体を運び出す。

黒騎士を始めとした残りの面々は、徒歩で地上に出てから各々の飛空艇で聖都に帰還する予定だ。

事前に連絡を入れていたからか、神殿騎士達や神官達が列を作って遺体を迎えていた。

ゴーンゴーンとドラのようなモノが叩《たた》かれる。これがこの国の葬送の鐘なのだろう。

「ハヤト様、おかえりなさいませ」

書記官リロに出迎えられ、勇者ハヤトに続いてオレ達も下船する。

全員が降りると、弓兵ウィーヤリィが「神授のお守り《タリスマン》」を手に何かする。次元潜行船ジュールベルヌが高周波の駆動音を鳴らすと、水に潜るような波紋を宙に光らせ、亜空間へと船体を沈めていった。

船に留守番を置かなくていいのは、ちょっと便利かもしれない。

「リロ、俺様がいない間に変わった事はあったか？」

「――いえ、何もありません」

一瞬だけ書記官リロの答えが遅れた。

「そうか、手に負えなくなったら言え」

勇者ハヤトが書記官リロの瞳《ひとみ》を見つめた後、そう耳打ちして通り過ぎる。

書記官リロの頬《ほお》が真っ赤に染まっている。彼女は勇者ハヤトに惚《ほ》れているようだ。

「――館《やかた》に戻って、これからの魔王対策を考えるぞ」

「はい、ハヤト様」

書類を胸に抱いた書記官リロが勇者の後を追う。

オレ達も二人に続いて埠頭の奥にあるターミナルへ向かう。

「──げっ。またあのイヤミ野郎だぜ」

「暇人め。わざわざ空港までイヤミを言いに来やがった」

そこには高価な装身具を身に纏《まと》った枢機卿《すうききょう》が待ち構えていた。

取り巻きの高位神官達も一緒だ。

「二人とも、相手はパリオン神国の枢機卿です。ハヤトの不利になりますから、不用意な発言は控えなさい」

メリーエスト皇女がルススとフィフィに釘《くぎ》を刺して、枢機卿にイヤミを言われている勇者ハヤトのフォローに向かった。

「また、魔王に逃げられたとか。──あれほどの軍勢と物資を注《つ》ぎ込み、聖堂最強の騎士であるモーキリス団長まで死なせながら、おめおめと戻ってくるなど。勇者というのはずいぶんと面の皮が厚いと見えますな」

イヤミというか罵倒《ばとう》だね。

「けっ、魔王の背後から斬《き》りかかったくせに、一撃でやられたヤツなんて知るか」

「あの光鱗《こうりん》がヤバイのはあたしらが報告してただろ」

「二人とも、お止《や》めなさい」

ルススとフィフィが吐き捨て、メリーエスト皇女が窘《たしな》める。

「そう、いくら事実でも。死者に鞭打《むちう》つのは良くない」

「団長は運が悪かったのよ。他《ほか》の神殿騎士達はちゃんと生き延びてたし」

弓兵ウィーヤリィとリーングランデ嬢がフォローに聞こえないフォローをする。彼女達も勇者ハヤトが罵倒されて怒っていたようだ。

「ふん、従者の躾《しつけ》は主《あるじ》の務めですぞ」

言いたい放題言われた枢機卿が不愉快そうに勇者ハヤトを睨《にら》む。

「モーキリス殿の死はお悔やみ申しあげる。だが、魔王との戦いは常に命懸けだ。戦いに参加する以上、死ぬことを覚悟してほしい」

勇者ハヤトが真摯《しんし》な顔で枢機卿に言う。

「そこの足手まとい達や貴殿らの仲間は誰一人死んでおらぬのにか？」

足手まといってオレ達の事かな？

まあ、見た目が頼りないのは分かるので、軽くスルーしておこう。

「ロレイヤの神聖魔法が優れているから無事で帰れただけだ。治療が遅れたら俺様達だって危なかった。それは枢機卿もご存じのはずだが？」

前回の魔王戦では、勇者ハヤトも呪《のろ》いで大変な事になっていたからね。

「ふん、生き延びるのを自慢するのではなく、そろそろきっちりと魔王を討伐してほしいものですな」

枢機卿は旗色が悪くなったので、負け惜しみのイヤミを口にして去っていった。

「魔王がハヤトを恐れて逃げるんだからしかたないだろ」

「まったくだ。危なくなったら逃げやがるから、始末に負えないぜ」

——危なく？

転移するタイミングこそ、勇者ハヤトの必殺技を受ける直前だったけど、今思い返してみれば魔王はその攻撃を意識していなかったように感じた。

魔王は優勢だったし、加勢に入った神殿騎士達も鎧袖一触《がいしゅういっしょく》で排除されていたし、魔王が逃亡を決めた理由は何だろう？

「それにしても、足下の魔法陣が逃げる為《ため》のモノじゃなかったのがショックだわ」

「無詠唱で空間魔法を使ったのかしら？」

『ご主人様、魔王の逃亡手段は空間魔法じゃないって教えていい？』

『いいけど、アリサの空間魔法の事を言わずに納得してくれるかな？』

『それは考えがあるから大丈夫よ』

アリサが空間魔法の「遠話《テレフォン》」で許可を求めてきた。

自信がありそうなので、アリサに任せる。

「メリーエスト様、少し宜《よろ》しいでしょうか？」

「何かしら？」

「魔王の逃亡手段は空間魔法ではありません」

「なんで分かるのさ」

「空間魔法の転移時にできる空間の揺らぎがありませんでした」

「揺らぎ？　ハニーちゃんにはそんなのが分かるの？」

ルスとフィフィは納得いかないようだ。

「わたしには分かりませんが、わたしの姉であるルルは僅《わず》かな空気の揺らぎが見えます」

「なるほど、ルルなら見えても不思議じゃない」

弓兵ウィーヤリィが得心がいった顔で頷《うなず》いた。

「あー、あの雷球弾を当ててた子ね。でも空間魔法じゃないなら、どうやって？」

「おそらく魔王のユニークスキルではないかと思われます」

「つまり、魔法破壊《ブレイク・マジック》じゃ阻止できないわけね」

「根本的な対策を変更しないと」

「逃走の予兆を見破るか、逃走先を特定して回り込むか、どちらにしてもパリオン神国やサガ帝国の協力を仰ぐ必要がありそうだ」

勇者ハヤトが従者達の意見を纏《まと》め、アリサに「感謝するハニー」と礼を言った。

「予兆かー。それにしても、魔王はどうして逃げるんだろー」

「にゅ？」

「不思議なのです？」

斥候セイナのぼやきに、タマとポチがきょとんとした顔で彼女を見上げた。

「ちびっ子には分かるのか？」

「はいなのです」

「魔王の人は戦うのが嫌い～？」

　タマとポチが答える。

「はあ？　んなわけないだろー」

「嬉々《きき》として団長を真っ二つにしてたじゃねぇか」

「あたしらが来る前は砂塵《さじん》兵で人里を襲ってたらしいぞ？」

　斥候セイナ、ルスス、フィフィが反論する。

「でも、魔王の人が怯《おび》えていたのですよ？」

「どうしてそう思うんだ？」

「『向こうへ行け』とか『来るな』って言ってた～？」

「団長のヒトを倒した時も、『もう嫌だ』って叫んで逃げていったのです」

　勇者ハヤトの質問にタマとポチが答える。

　それを聞いた勇者一行が互いの顔を見合わせた。

「ご主人様、そんなの聞こえた？」

「いや、単なる咆哮《ほうこう》だと思っていたから、ちゃんと聞いてなかったよ」

　次に遭遇したら耳を傾けてみよう。

　もしかしたら、戦わずに魔王と和解できるかもしれないしね。

◆

そんな事を考えていると、タマとポチがふいっと空を見上げた。

「にゅ～？」

「遠くで鐘の音がしているのです」

タマとポチに倣って耳を澄ませると、確かに警鐘のような音が聞こえてくる。

「ご主人様！　大変です！　大聖堂が！」

ルルの言葉に見上げると、聖都の中央にある大聖堂の天辺《てっぺん》あたりが砕けて、黒煙があがっているのが見えた。

「魔王だ！」

飛翔靴《フライング・ブーツ》を起動した勇者が、聖堂に向かって宙を駆けていく。

マップを確認すると、大聖堂に魔王のマーカーがある。

思わず駆け出そうとしたオレの腕を、リーングランデ嬢が掴《つか》んで止める。

「待ちなさい！　走って追いつけるわけがないわ」

リーングランデ嬢が弓兵ウィーヤリィの方に顎《あご》をしゃくる。

神授のお守りを掲げた弓兵ウィーヤリィの傍らに、水面を割るようなエフェクトとともに亜空間から次元潜行船ジュールベルヌが浮かびあがってきた。

ジュールベルヌの上甲板が現れるやいなや、ルススとフィフィが飛び乗り、リーングランデ嬢がそれに続いた。

オレが釣られて飛び乗ると、獣娘達やナナもやってくる。

他のメンバーはハッチから船内へと飛び込んだ。

急加速するジュールベルヌから振り落とされそうになりながらも、甲板の手すりに掴まり仲間達を「理力の手《マジック・ハンド》」で支える。

凄《すさ》まじい速度で飛翔《ひしょう》するジュールベルヌの前方に勇者ハヤトが見えた。

「ハヤト！」

みるみる迫る勇者ハヤトの背に向かって、リーングランデ嬢が叫ぶ。

手を伸ばす勇者の腕をリーングランデ嬢がキャッチし、慣性に引っ張られて落ちそうになりながらも、皆《みんな》で支えてジュールベルヌへと引き込んだ。

ジュールベルヌは速度を落とす事なく、大聖堂へと一直線に飛翔する。

オレは状況を知るべく、空間魔法の「遠　見《クレアボヤンス》」を発動して魔王の周辺を俯瞰《ふかん》視点で見た。

死屍《しし》累々な部屋には魔王と神殿騎士達に守られた法皇がいる。

魔王が法皇に手を伸ばす。

都市核《シティ・コア》によるものらしき青い障壁を、三枚の反射光鱗による連続攻撃で砕かれ、法皇を守ろうと前に出た神殿騎士を魔王が薙《な》ぎ払う。

急制動で甲板から落ちそうになりながら、獣娘達に支えられて体勢を直す。

目の前に大聖堂の天辺に空いた穴が見える。

勇者ハヤトに続いて、その穴から飛び込んだ。

オレ達がザーザリス法皇がいる部屋――「天空の間」に辿《たど》り着いたのは、本当にギリギリのタイミングだった。

ここまでギリギリじゃなければ、青空が一望できるガラス張りのドームや帯状にステンドグラスで切り絵のように描かれた神話を堪能《たんのう》する事ができたのに。

「クァアアアアアスウェエエエエエエエ」

魔王が咆哮をあげる。

法皇を掴もうとする魔王の腕に、四方八方から伸びた影の触手が絡みついて止めた。

――影魔法の「影縛《シャドウ・バインド》り」に似ている。

「魔王よ！　退くがいい！」

「ここはパリオン神に仕える聖なる方の住居！　貴様のような輩《やから》が来ていい場所ではない！」

駆け込んできたのは賢者と聖剣使いの神殿騎士メーザルトだ。

さっきの影触手は賢者の魔法に違いない。

「捜しに行く手間が省けたぜ」

勇者ハヤトが法皇を守る位置につき、聖盾を構えつつ青い光を纏う。

きっとユニークスキル「無敵の盾《つらぬけるものなし》」を発動したのだろう。

ルスとフィフィの二人は魔王の退路を断つように背後を塞《ふさ》ぐ。

「魔王はレベル六二、スキルは見えぬ。魔王の相手は勇者殿に任せ、神殿騎士団は聖下をお守りせよ！」

賢者がザーザリス法皇を背後に庇《かば》い、周囲の神殿騎士達に命じる。

「貴様に言われるまでもない」

ごねるかと思ったが、神殿騎士メーザルトは素直に法皇を守る位置についた。

神殿騎士達や賢者に守られながら、法皇は聞き覚えのない神聖魔法の詠唱を始める。魔力の高まりからして、上級魔法か禁呪《きんじゅ》のいずれかだろう。

「ハヤト様、援護いたします」

オレは妖精《ようせい》剣を抜いて勇者の斜め後ろに立つ。ナナと獣娘達も臨戦態勢でオレの左右に位置取った。彼女達には牽制《けんせい》のみに徹するように伝えてある。

「サトゥー、無理はするな。相手は魔王だ」

「自分の身の程は存じております。ハヤト様のサポートに徹する所存です」

今日の主役は勇者ハヤトだ。

「ヌゥィイイインゲェヨウゥウウウウオオオ」

勇者を威嚇するように、魔王が再び咆哮する。

暗紫色の波紋が魔王の身体《からだ》を覆うと、反射光鱗《こうりん》が現れて床や家具を滅多斬《めったぎ》りにした。

背後から一撃を入れようとしていたルスとフィフィが、魔王から距離を取る。

魔王の攻撃は二人を牽制したようにも見えたが、どちらかというと癇癪《かんしゃく》を起こした子供のような印象を受けた。

「『人形』って言っているのです」

ポチが魔王の言葉を翻訳する。

「クワェスゥウエェエエェエエエエ」

身体を捻《ひね》った魔王が、オレ達を丸ごと薙ぎ払おうと蛇腹尻尾《しっぽ》を叩《たた》き付けてきた。

「フォート――」

至近距離から放たれた予想外に速い魔王の攻撃に、ナナの「フォートレス」発動が間に合わない。

縮地で横にずれ、痛そうな蛇腹尻尾を、魔力鎧《よろい》でピンポイントガードした足で蹴《け》りあげる。

間近を通る尻尾に髪の毛が靡《なび》き、背が高い神殿騎士の兜《かぶと》に付いていた先端飾りが千切れ飛んだ。

法皇の上級魔法が発動する。どうやら全体強化型の支援魔法だったらしい。

「魔王はさっきなんて？」

ぺちゃっと伏せていたタマとポチに、魔王の言葉の意味を聞く。

「『喰《く》わせ』って言ってた～？」

「違うのです。今のは『返せ』って言ったのですよ！」

繋《つな》げると「人形を返せ」、か？

「――人形？　まさか！」

賢者が何かに思い当たったような顔で法皇を振り返る。

魔王の爪《つめ》をハヤトの聖盾と、未展開版フォートレスを発動したナナの大盾が受け止める。

戻ってきた尻尾の穂先をリザが受け流し、リザを切断しようとした反射光鱗を、ポチとタマがファランクスで迎撃する。アリサもこっそりと空間魔法の「隔絶壁《デラシネーター》」で二人をサポートしていた。

弾《はじ》き返された反射光鱗を、側面から蹴飛《けと》ばして退場させる。

オレが蹴飛ばしても壊れないところを見ると、ナナのフォートレスに迫る防御力があるようだ。

「ぐぬぬ～」

「てわごいのです」

勇者達や獣娘達が必死に魔王を攻撃するが、魔王の爪や尻尾、何より攻防一体の反射光鱗に阻まれて有効打を与えられずにいる。

後ろに法皇を守りながらだし、支援魔法も碌《ろく》に掛けずに始まった遭遇戦だから仕方ないだろう。

ルルやミーアも、メリーエスト皇女やリーングランデ嬢と一緒に後方から攻撃しているが、自動防御する反射光鱗の守りをなかなか突破できないでいた。

「聖下！　誰《だれ》かから人形を受け取りませんでしたか？　草を編んだ人形に心当たりは？」

「ああ、それなら、そこの棚に」

魔王に集中していて聞き流してしまったが、後ろで賢者と法皇が何かを話している。

「■■■……」

突然、賢者が法皇の守りを放棄して、部屋の一角にある戸棚へと駆け出した。微《かす》かに詠唱が聞こえる。

彼は開けるのももどかしくガラス戸を殴って壊し、中から取り出した人形のようなものを掲げて「魔王！」と呼びつけた。

「ヌゥィイイイインゲョウゥウウウウウウオオオ」

魔王が執拗《しつよう》に狙《ねら》っていた法皇を放置して、賢者の方に突進する。

「これが望みなら受け取れ！」

「ヌゥィイイイインゲョウゥウウウウウウオオオオ」

弧を描いて飛ぶ人形を追って魔王が跳躍する。

「――影の牢獄《シャドウ・ジェイル》」

賢者が発動を保留していた影魔法を使う。

魔王が床に落とす影から伸びた漆黒の触手が、魔王を縛りあげて影へと引き摺《ず》り込もうと蠢動《しゅんどう》する。

「クァエェエエェクィイイトァアア」

魔王が人形を守るように腹に抱え込む。

そのまま抵抗するそぶりも見せず、影に引き摺り込まれ――消えた。

「捕まえたのか?!」

「いいや、逃げられた。信じられぬが、あと一歩のところで転移された。さすがは魔王といったところか」

勇者ハヤトの問いに賢者が首を左右に振る。

オレはマップを開き、魔王の現在位置をチェックした。

——よしっ。

魔王は前回の逃亡時と同じ第六魔窟《まくつ》にいる。

まだ二回目だが、魔王が逃亡する転移先は第六魔窟が基本と考えていいだろう。後で勇者ハヤトに伝えて作戦を練ろう。

「にゅ〜、影は影〜？」

マップを閉じて声の方を見ると、魔王が消えた影があった場所をタマがぺたぺた触っている。

影が自在に動くのが不思議だったようだ。


「聖下！　聖下はご無事でございますか⁉」

部屋の入り口から神官達が雪崩《なだ》れ込んできた。

「心配を掛けたね。私は無事だよ」

法皇は心配する神官達に無事を知らせ、自分を命懸けで守った者達に感謝の言葉を告げる。

「聖下、あの人形は何者から受け取ったのですか？」

「賢者殿！　聖下はお疲れです。質問なら明日の昼以降に出直されよ！」

侍従のような神官がぴしゃりと賢者の質問を退ける。

「待ちなさい」

法皇が侍従神官を制して振り返る。

「ソリジェーロ、その質問は重要なのかな？」

「はい、何者かが魔王を使って聖下を弑《しい》し奉ろうとした可能性があります」

「あの人形は今日の『癒《い》やしの儀』が終わった後に、少年から貰《もら》った物だ。あの少年は人を殺《あや》めるような邪心を隠しているようには見えなかったよ」

「ご慧眼《けいがん》恐れ入ります。おそらく、その少年は黒幕に利用されただけでしょう」

「それはいけないね。担当官に聞けば少年の身元も分かるかもしれない。ソリジェーロ、申し訳ないけれど、大人の事情で迷惑を掛けないように骨を折ってくれるかな？」

「聖下の御心《みこころ》のままに」

賢者が法皇に深々と臣下の礼を取る。

法皇が別室へ移動すると、賢者は小声で詠唱して影にとぷんと沈んで消えた。おそらく、影魔法の「影渡り《シャドウ・ポータル》」だ。

きっと件《くだん》の少年を保護しに行ったに違いない。

オレの脳裏にライト少年の姿が過《よぎ》ったが、さすがに彼がその少年という事はないだろう。

「にゅ！」

タマが賢者の消えた影をぺたぺたと触る。

何かタマの琴線に触れるモノがあったらしい。

床に顔をくっつけて「潜れない～？」とか言って、輪っかになりそうなほど眉《まゆ》を顰《ひそ》めている。天才肌のタマなら、そのうち忍術で影に潜れるようになったりしてね。

退出時に勇者ハヤトが高位神官に捕まって何かやりとりを始めたので、オレ達は「天空の間」の片隅で待機する事にした。ここのステンドグラスは見応《みごた》えがあるし、いくらでも待とう。

「魔王のヒトはとってもとっても強かったのです」

「反省〜？」

「ええ、自分の未熟さを思い知らされた気分です」

「イエス・リザ。防具の性能に頼っていてはいけないと再認識したと告げます」

前衛陣は格上の魔王と直接対決した事で、色々と思うところがあったようだ。

死闘を経験する事で得るモノがあったらしく、魔王を倒していないのに見て分かるほど仲間達の経験値ゲージが増えていた。

「下級はキャンセルされまくりだったし、中級も鱗《うろこ》に反射されてダメ。たぶん、メリーたんの攻撃を見る限り、単体攻撃だと上級も反射されるみたい」

「禁呪」

「うん、あれなら鱗ごと潰《つぶ》せると思うけど、高威力で効果範囲が広いらしいからフレンドリーファイヤーが怖いわ」

ミーアとアリサには王城の禁書庫で手に入れた禁呪を伝えてある。

「禁呪はまだ試射していないだろ？」

「うん、呪文が長すぎてまだ完璧《かんぺき》に唱える自信がないから」

「詠唱失敗、危険」

ミーアが口の前に両手の人指し指でバッテンを作った。

「魔王戦までに完璧にしないとね」

「ん、特訓」

アリサとミーアが顔を見合わせて頷《うなず》き合う。

「ルルはどうだった？」

「鱗の移動が速すぎて、金雷狐《きんらいこ》銃や火杖銃《ひつえじゅう》で隙間《すきま》を狙うのは難しそうです。光線銃なら狙えると思いますけど、砂の防御膜で防がれちゃいそうですね」

「加速砲ならワンチャンありって感じ？」

「うん、鱗の移動パターンを読めばいけると思う」

アリサの質問にルルが首肯する。

魔王と直接対決する事態になったら、使い捨ての加速砲を出していいとルルに許可しておく。

正式版の加速砲は射撃シークエンス中に身体が固定されて回避行動が取れないから、反射光鱗みたいな危ない攻撃方法がある今回は禁止しておいた。

「サトゥー、今日のところは解散だ」

神殿騎士のお偉いさんと話していた勇者ハヤトが戻ってきた。

「お前達も連戦で疲れただろう？　ゆっくりと休んで英気を養ってくれ」

それは良いが休憩する前に伝えておくべき事がある。

「ハヤト様、お耳を拝借――」

オレは勇者ハヤトにとある情報を伝える。

「――それは本当か？」

「はい、私も第六魔窟で見ました」

半信半疑な勇者ハヤトの目を見つめ、詐術スキルの助けを借りて真摯《しんし》に伝える。

「分かった。可能な限り早く、作戦を実行する」

良かった。信じてくれたようだ。

「お前に手伝ってもらって良かったぜ」

勇者ハヤトが突き出す拳《こぶし》に、自分の拳を軽く当てて応えた。

幕間：暗闇《くらやみ》の底で

「魔王様、部下も連れずに単独で強襲するなんて無謀ザマスよ」

魔窟の奥、祭壇に蹲《うずくま》る魔王の傍《そば》で、無遠慮に足を組みながら深緑色をした上級魔族が敬うそぶりも見せずにダメ出しをしている。

もっとも、魔王の方も上級魔族の言葉など聞いていないようだ。

「ヌゥィイイインゲョウゥウウウウウオオオ」

魔王は草で編んだボロボロの人形に頬《ほお》ずりする。

さっきまで誰もいなかったはずの物陰から、一人の男が現れた。

「緑殿、砂塵《さじん》王陛下のご様子はいかがかな？」

「魔王様なら見ての通りザマス」

上級魔族は四つある肩を器用に竦《すく》めてみせる。

「死んだ娘の形見だ。砂塵王には大切なのだろう」

「——死んだ？　殺したの間違いザマしょ？」

「アァアアアアアアシゥラゥカォオオオオオオ」

殺した、という言葉を耳にした魔王が絶叫する。

上級魔族が指で耳栓をするポーズを取りながら、三日月のように弧を描いた口から蛇のような舌を動かして舌なめずりする。歪《ゆが》んだ愉悦を楽しんでいるかのようだ。

「これはこれで楽しめるザマスが、勇者の相手をするには少し心許《こころもと》ないザマスね」

腕を組んだ上級魔族が神経質に足を揺らす。

「砂塵王の仕事は勇者の相手をする事ではない」

「そうザマスか？　魔王陛下にはニンゲンを虐殺して、美味なる不幸と呪詛《じゅそ》と闘争を撒《ま》き散《ち》らしてほしいザマス」

「緑殿の嗜好《しこう》はともかく、陛下には陛下の目的があるのだ」

「『陛下の』目的、ザマスか……」

言外にお前の目的だろうと言う上級魔族に、男は黙して語らない。

「聖女様に言って、新しい器に入れ直すのをお勧めするザマスよ」

聖女という言葉に含みを持たせ、上級魔族が首を伸ばして男に耳打ちする。

「それができれば苦労はない」

男もまた、魔王の事を不甲斐《ふがい》なく思っているようだ。

「どうしてザマス？　聖女様の眷属《けんぞく》にすれば、あとは別の器に『主《あるじ》様の欠片《かけら》』を移すだけザマしよ？」

「その眷属化ができぬのだ。魔王化が進行した砂塵王には、紛《まが》い物《もの》のギアスは効かぬ。せいぜい、既に縛ったギアスと魅了で魔王軍を増強するのみ」

「『増強』ザマスか——」

上級魔族がニンマリと微笑《ほほえ》む。

まるで、「増強」というのが建前である事を見抜いていると男に伝えるかのようだ。

「増強するなら、『魔王』を増やしたらいかがザマスか？　タマゴのうちに『欠片』を取り出して、残虐な犯罪者に植え込んで孵化《ふか》させるザマス」

ぬちゃりとした涎《よだれ》が口蓋《こうがい》から溢《あふ》れ、垂れた酸の雫《しずく》が床板を溶かした。

「きっと、この世のものとも思えない美味が溢れるザマスよ」

「残念ながら『紫髪』はそうおらん。隣国を巡ったが、新たに手に入ったのは一体だけ。欠片に宿る『権能』も戦闘向きではなかった」

「あれザマスか……人々が敬愛する聖者が人々の前で魔王となる。なかなかお目にかかれない最高のシチュエーション、ザマス。想像するだけで涎が止まらないザマスよ」

「それは最後の最後だ。むやみやたらには使えん」

「残念ザマス……仕方ないザマス。ミーは新しいタマゴを捜しに行ってくるザマスよ。それまで楽しい宴《うたげ》はお預けにしておいてくれると嬉《うれ》しいザマス」

「緑殿、出かける前に、眷属をお借りしたい」

「良いザマスよ。帰ってくるまでに魔王陛下が討伐されていたら興ざめザマスから」

上級魔族が腕を振ると、祭壇の間に幾つもの禍々《まがまが》しい魔法陣が現れ、大小様々な魔族が召喚された。下級魔族が多いが、中級も少なくない。中には上級に近い中級魔族もいるようだ。

「緑殿、感謝す――」

「これだけじゃ心許ないザマスね」

男の言葉を遮って、上級魔族は亜空間から「黒い魔核《コア》」を取り出した。

慌てる男をスルーして、上級魔族はその黒い魔核を魔王の上にポイッと投げ捨てた。

「──緑殿、それは！」

「イトォオオシィイイイイシ──」

魔核から伸びた黒い瘴気《しょうき》の糸が、魔王を縛り表皮を裂いて潜り込んでいく。

「──グォオオオオオオオ」

魔王が絶叫をあげ、糸を引き剥《は》がそうと藻掻《もが》くが、その指をすり抜けて身体《からだ》の奥に潜り込んでいく。吐き気を催すような咀嚼《そしゃく》音と魂を引き裂かれたような絶叫が祭壇の間を満たす。

痛みに暴れる魔王の手の中で、あれほど大事にしていた人形が拉《ひしゃ》げ、草を束ねていた布が裂けた。

その無残な姿が魔王の目に映る。

「アァアアアアアアシゥラゥカォオオオオオオ」

悔恨の声で絶叫する魔王を上級魔族は愉悦の表情で見下ろす。

やがて、砂色の外皮の下にあった紫色の地肌は瘴気に穢《けが》れ、タールのような漆黒に爛《ただ》れたモノに変わった。

「緑殿……」

「何、ザマスか？　これで魔王陛下は今までの何倍も強くなったザマス。魔神様の加護を得た魔王陛下に勇者や英雄達が惨殺される様を想像するだけで身もだえしそうザマスよ」

男の抗議もどこ吹く風で上級魔族は配下の魔族達と踊り出す。

もちろん、男にも、魔王が強くなった事は分かっている。

ただ、そのせいで魔王を操って「魔神牢《ろう》」の封印を解こうとしていた男の目論見《もくろみ》は暗礁に乗りあげた事になる。

「心配いらないザマス。もし斃《たお》されても、その時は魔王陛下の中で育った『穢れ』が牢に広がって、あっという間に牢の中を心地よい瘴気の底に沈めてくれるザマスよ」

「緑殿、それは真《まこと》か？」

男が上級魔族の方を向く。

「もちろんザマス。ただし、自我は完全に『穢れ』に喰《く》われるザマスから、早めに封印に近い場所へ送り出した方がいいザマスよ？」

「分かった。私が運ぼう」

「それがいいザマス。皆《みんな》も魔王陛下のお守りを頑張るザマスよ」

緑の上級魔族は眷属の魔族達にそう命じると深緑色のワイバーンに変じて飛び去った。

討伐作戦

〝サトゥーです。ミステリーだと、冒頭登場の怪しすぎる人物はミスリード用に用意されている事があります。もっともミステリー以外だと、わりとそのまま犯人な事が多いですけどね。〟

「魔王の逃走先が分かった？　本当なの、サトゥー?!」

勇者ハヤトに伝えた後、次元潜行船ジュールベルヌの会議室に移動して勇者一行と向き合っていた。もちろん、仲間達も一緒だ。

「はい、私達が探索を任されていた第六魔窟《まくつ》の奥で隠し通路を発見し、その奥で魔王信奉集団の拠点を突き止めました。そこで彼らが言っていたのです。『また、勇者達が魔王様に殺されに行くってさ』『なら、魔王様がいつ戻られてもいいように祭壇を整えよう』と」

詐術スキルの助けを借りて、魔王の転移先が第六魔窟だという情報に説得力を持たせようと話を作る。

実際はマーカーを付けた魔王の現在位置をマップで確認して、この事実に気付いたんだけど、ユニークスキルの開示なしに説明するのが難しかったので、そんな話をでっちあげた。

「もしかして、わざわざジュールベルヌの会議室を借りたいって言ったのは――」

メリーエスト皇女の問いに首肯する。

「なるほど、そういう事か……ちょっと厄介ね」

リーングランデ嬢もオレの意図に気付いたらしい。

他《ほか》の従者達や仲間達も納得顔だ。

「どういう事だよ？」

「分かんね～よ」

ルススとフィフィから文句が出た。

「分からないのは二人だけ」

弓兵ウィーヤリィが呆《あき》れたように言う。

「え？　嘘《うそ》」

「マジで？」

「ポチも分からないのですよ」

「タマもちんぷんかんぷん～？」

ポチとタマに同意されたのに、ルススとフィフィはさらにショックを受けた感じだ。

「サトゥーはパリオン神国に魔王の間者《スパイ》がいるのを懸念しているのよ」

「なるほど、そういう事か」

「知ってた。あたし、本当は知ってたから」

「タマは分かんなかった～？」

「ポチも分からなかったのです！　フィフィはすごく凄《すご》いのですよ！」

タマとポチに褒められたフィフィが、今さら知ったかぶりをしたとは言えずに気まずそうな顔だ。

「サトゥー、質問」

弓兵ウィーヤリィが挙手する。

「魔王がいつ戻ってきてもいいように祭壇を整えるのが転移先の準備っていうのは想像が付くけど、本当かどうか確かめる必要があるんじゃない？」

「その通りです」

弓兵ウィーヤリィの質問に首肯する。

「なので、調査専門の配下を見張りに付けました」

「そんなヤツがいたのか？」

「はい、人前に出るのを病的なほど恐れるのでご紹介はできませんが、潜伏の腕は私が保証いたします」

勇者ハヤトが割り込んできたので、詐術スキルの助けを借りてでっちあげる。

「その者から報告がありました。魔窟や『天空の間』での魔王との戦いの後、件《くだん》の祭壇に魔王が転移してきたそうです」

「マジか！」

「はい、間違いありません」

「ついに魔王の尻尾《しっぽ》を掴《つか》んでやったぜ」

ルススの問いに答えると、フィフィが勇者ハヤトのような喜び方をした。

「待って、喜ぶ前に幾つか確認しないといけないわ」

「——何をだ？」

メリーエスト皇女がそう言ってオレを見た。

勇者ハヤトの問いはスルーして、だ。

「サトゥー、魔王はそこ以外には転移できないの？」

「それは未確認ですが、その可能性は高いと思われます」

「その根拠は？」

「魔王が聖都襲撃に転移を使わなかったからです」

「使ったじゃん」

「賢者の影に捕まった魔王が、転移で逃げたのをサトゥーも見ただろ？」

「いいえ、そうではなく——」

「サトゥーが言っているのは、どこから大聖堂に侵入したかよ」

「リーングランデ様の言う通りです」

法皇がいた「天空の間」の壁が砕かれていたので、魔王がどこから現れたか目撃者を探したら、空港の反対側にある砂漠から現れて一直線に大聖堂に突っ込んだという証言を得られたのだ。

オレはそれを彼らに話す。

「なら、一つは大丈夫ね。もう一つは——」

「魔王が転移で逃げた後に、どうやって第六魔窟までハヤト様をお連れするか、ですか？」

「いいえ、そちらは大丈夫。私達には『神授のお守り《タリスマン》』があるわ」

メリーエスト皇女が言うには、パリオン神が従者達に与えるタリスマンは従者の下へ勇者を召喚する事ができるらしい。

なかなか便利だ。自作できるなら、仲間達に一つずつ持たせてやりたいくらいだ。

「では、もう一つの懸念とは？」

「追撃戦をする場所が敵の本拠地という事よ。魔王と戦っている最中に、レベル五〇超えの砂塵《さじん》兵や中級以上の魔族が参戦してきたら、こちらが逃げ出すはめになるわ」

「なんでさ？　それは魔窟の奥にいる魔王を倒す時と一緒だろ？」

ルススが皆の疑問を代弁するように尋ねた。

「建設中の拠点と、完成された拠点じゃ違うわ」

――建設中の拠点？

「つまり、メリーエスト様は魔王が第六魔窟以外の魔窟で活動しているのは、新しい拠点を作ろうとしていると？」

「ええ、魔王は砂塵兵を量産する『すぽんぽいて』を作っているみたいなの」

「――スポーンポイントな」

勇者ハヤトがメリーエスト皇女の言い間違いを訂正する。

スポーンポイントはＭＭＯ－ＲＰＧなんかでよくあるモンスターが再配置される場所の事だ。

この場合は砂塵兵を生産する魔法陣や魔法装置の事だろう。

「魔王はスポーンポイントを作って何をしようとしているのでしょう？」

静かに話を聞いていたアリサが、「わたし怖いわ」と言いたげな表情でオレの袖《そで》を掴む。

「決まってるじゃん！」

「魔王は世界征服の為《ため》の軍勢を作っているのさ！」

「でぃんじゃ～でぃんじゃ～？」

「それはとってもとっても大変なのです」

「マスター、魔王軍と戦う為に私の姉妹や『ぺんどら』を急いで育成するべきと進言します」

ルススとフィフィの冗談を真に受けて慌てる仲間達を宥《なだ》める。

タマの驚き声にレトロシューティングゲームのボス登場音を思い出して、ちょっと口元がニヤけてしまったのは内緒だ。

「まあ、本当のところは分からないが、良からぬ企《たくら》みなのは間違いないさ」

勇者がそう締めくくり、話を元に戻す。

「問題は、本拠地の対処をどうするかだな」

「ジュールベルヌに聖剣使いや賢者も乗せていく？」

「それは難しいですね」

弓兵ウィーヤリィの言葉をメリーエスト皇女が否定した。

「どうしてー？」

「魔王に聖都を襲撃された以上、枢機卿《すうききょう》とて聖都や法皇の守りをおろそかにするわけにはいかないでしょう」

斥候セイナの問いにメリーエスト皇女が答える。

「いいじゃん。パリオン神国には魔王側の間者がいるんだろ？」

「そうそう。後ろから刺されるよりはあたし達だけの方がやりやすいじゃん」

「そういえば間者問題もありましたね」

ルススとフィフィの言葉を聞いた書記官リロが、ホワイトボードに「間者問題」と大きく書き込んだ。

「あたしらとリュッケンあたりなら戦えるだろ」

「ちょっとレベルが足りてないけど、ルドルーやカゥンドーも使えるんじゃないか？」

「リュッケン達なら戦力として数えられるけど……犠牲が増えそうだわ」

「……相手の拠点で、魔王と二連戦ですからね」

リーングランデ嬢とメリーエスト皇女が憂鬱《ゆううつ》そうに嘆息した。


「――勇者様」

重苦しい雰囲気が会議室を満たしたその時、大人しく話を聞いていたアリサがすくっと立ちあがった。

「本拠地にいる魔王以外の敵は、わたし達にお任せください」

「ハニー達に？」

勇者ハヤトがアリサを見た後に、視線をオレに移した。

「ええ、アリサの言う通り、魔王以外の敵は私達にお任せください。どれほどの軍勢だろうと、ハヤト様達の方には決して近付かせません。安心して魔王を討伐してください」

意表を突かれた顔をしていた勇者ハヤトが「くくっ」と笑いを堪《こら》えた後、爆発するように哄《こう》笑《しょう》した。

さすがに大言壮語に聞こえたのか、勇者ハヤトが笑い転げている。

ちょっとオレらしくない言い方だったかもしれない。

「ははは——信じるぜ、サトゥー」

どう説得しようかと迷っているうちに、勇者ハヤトが笑いを抑えてそう言った。

「ハヤト、本当にいいの？」

リーングランデ嬢に問われた勇者ハヤトが首肯する。

「なんでだろうな——サトゥーがそう言うなら、信じられるような気がするんだ」

勇者ハヤトが目元に浮かんだ涙を拭《ぬぐ》ってそう言った。

「その信頼に応《こた》えられるように全力を尽くします」

「ああ、頼んだぜ、サトゥー」

勇者ハヤトの差し出す手を握り返し、アリサがその上に手を重ねると、従者達や仲間達が次々に手を重ね、魔王討伐の成功を祈って鬨《とき》の声《こえ》をあげた。

◆

「ハヤト様、これを」

オレは忘れないうちに、聖都に潜入している魔王信奉集団「自由の光」の構成員リストを渡す。

「これは――サトゥー、どこでこれを？」

「シガ王国には優秀な諜報《ちょうほう》員が大勢おりますから」

詐術スキルの助けを借りてそれっぽい言い訳を口にする。

「メリー、すぐに司法担当のシープナス司教に言って手配を――」

――彼はまずい。

「お待ちください」

勇者ハヤトを止める。

「どうした？　こいつらを俺様の鑑定《アナライズ》スキルで見れば、『自由の光』の構成員かどうかはすぐに分かるぞ？」

不思議そうにする勇者ハヤトに、シガ王国の王都でホーズナス枢機卿が「魔神の落とし子」事件を起こした事を語る。

「その件は知っている。パリオン神国でも、けっこうな騒ぎになったぜ」

「その話と、手配を止めた件に何か関係があるのね？」

リーングランデ嬢に首肯し、枢機卿が鑑定スキルで見抜けない認識阻害系の神器を持っていた件を話す。

「サトゥーはハヤトの鑑定の事を知らないの？」

「存じています。ハヤト様、アリサの髪色を覚えておいでですか？」

アリサが転生特典で神に与えられた「自己確認《セルフ・ステータス》」スキルの隠し機能について教えたのが勇者ハヤトという話だったから、アリサが転生者だという事は彼も知っているはずだ。

「ハニーの？　もちろんだ。——なるほどそういう事か」

勇者ハヤトの怪訝《けげん》な顔が、すぐに納得顔に変わった。

アリサの転生者の証《あかし》である紫色の髪から、転生者の中には勇者に匹敵する「能力鑑定《ステータス・チェック》」という人物鑑定スキルを持つ者がいる事に思い当たったようだ。

「ハニーも持っているんだな？」

「はい、勇者様」

アリサが余所行《よそゆ》きのお淑《しと》やかフィールドを発生させながら首肯する。

「そんな彼女もホーズナス枢機卿のステータスは見抜けませんでした」

「つまり俺様の鑑定スキルでも見破れないヤツがいるって事だな？」

「はい、事前調査では司法担当のシープナス司教がホーズナス枢機卿と同じ神器を所持しているという情報があります」

「シープナスがか、そいつはまずいな」

「ええ、神器の所有と『自由の光』の構成員とはイコールで結べないけど、疑うのに十分な理由になるわ」

オレの回答を聞いた勇者ハヤトとメリーエスト皇女が苦い顔になる。

「別にどっちでもいいんじゃね？」

「どういう事？」

フィフィの発言に、弓兵ウィーヤリィが首を傾《かし》げた。

「通報してさ、そのリストにあるヤツらをわざと逃がしたら、司教が犯人。全部捕らえてちゃんと処分したら、司教は犯人じゃない——かどうかは分からないけど、それはそれでいいんじゃない？」

「確かに……」

神官ロレイヤが一理あると呟《つぶや》いた。

「フィフィがそんな事を言うなんて、砂漠に豪雨でも降りそうだよねー」

「なんだとー！」

茶化されたフィフィが、逃げる斥候セイナを追いかけて部屋を飛び出していった。

「それじゃ、構成員リストはフィフィの言う通り、シープナス司教に渡しましょう。リロ、悪いけどリストを複写しておいて。私はリュッケンに言って偵察隊から監視や尾行が得意な人員を借りてくるわ」

メリーエスト皇女が宣言して行動を開始した。

後は彼女達に任せるとして、構成員達が逃走した時に備えて全員にマーカーを付けておこう。

「なら、俺様はロレイヤやリーンと一緒に、次の調査隊を編制する準備をしてくるぜ」

勇者ハヤトがそう言って従者達を見る。

「あたしは何をしようかな？」

「私はジュールベルヌの整備。ルススも手伝う？」

「かえって壊しそうだから止《や》めとく。あたしは外で身体《からだ》を動かしてくるよ」

弓兵ウィーヤリィは整備、ルススはトレーニングを選択した。

「ポチも修行したいのです！」

「タマもニンジャする～？」

「ルスス様、お手合わせ願えますか？」

「いいね～、たまには違う相手と練習するのも面白そうだ」

「私も参加希望と告げます」

ルススが「行こうぜ」と声を掛け、獣娘達やナナと連れだって部屋を出て行く。

「皆《みんな》、好きね～」

「練習熱心」

アリサとミーアもそれに続き、オレもルルと一緒に部屋を出た。

そういえば――。
魔王が取り返しに来た人形はなんだったんだろう？

賢者は何か知っている風だったし、ライト少年の父親の件もあるから、一度会ってみるとしよう。

◆

「放せ！　放せってば！」

「ええい、黙れ！　この汚らわしい砂人がっ！」

途中で皆と別れて賢者のいる裏庭に行くと、何やら騒ぎが起こっていた。

兵士達に腕を掴《つか》まれているのはライト少年だ。

「貴族様！」

オレを見つけたライト少年が必死に手を伸ばす。

何があったか知らないが、彼を見捨てるという選択肢はないので、事情を聞きに向かう。

「ペンドラゴン閣下のお知り合いですか？」

「私は彼が入国した時の身元保証人です」

都合の良い事に、兵士はオレの事を知っていたようだ。自己紹介が省けて助かる。

「それで彼は何をしたんですか？」

「おいら、何もしてないぞ！」

兵士への質問だったのだが、答えたのはライト少年の方だった。

「足の悪い婆《ばあ》ちゃんに頼まれて、お礼の人形を法皇様に渡しただけだぞ」

なるほど、魔王の人形を法皇に渡したのはライト少年だったらしい。

「君は悪いヤツらに利用されたみたいだね」

「そうなのか？　婆ちゃんは悪い奴《やつ》に見えなかったぞ。『直感』も働かなかったし」

ライト少年には「直感」というレアなスキルがある。

そうなると、お婆さんも黒幕に利用されただけの一般市民という可能性が高い。

「彼の言うお婆さんを捜していただけますか？　真犯人がお婆さんを口封じするかもしれません」

「承知いたしました。人相描《が》きができる者を呼んで参ります」

兵士の一人が聖堂脇《わき》の館舎の方へ走っていく。

「彼の言うお婆さんが見つかるまで、彼は私がお預かりします。宜《よろ》しいですか？」

「そ、そういう事でしたら――」

「宜しいわけがないでしょう！」

許可しようとした兵士達の言葉を、神経質そうな声が遮った。

声の主は司法担当のシープナス司教だった。彼はオレのＡＲ表示からもステータスを偽装できるアイテムを装備している要注意人物だ。

「――連れて行きなさい。殺さぬ程度に拷問して黒幕を吐かせるのです」

司教に指示された兵士達が敬礼し、ライト少年を再び拘束する。

このまま為《な》す術《すべ》なく連れて行かれたら、確実に獄中死させられてしまいそうだ。

オレはライト少年を救うべく彼の行く手を阻もうとしたのだが、そこには先客があった。

「賢者殿、なにゆえ邪魔をされる」

兵士達の行く手を塞《ふさ》いだのは賢者だ。

彼の後ろには勇者ハヤトの従者である書記官リロの姿もある。

「彼は何も知らぬよ。ペンドラゴン卿《きょう》が言うように彼は利用されただけだ」

賢者は離れた場所にいたオレ達の会話を聞いていたらしい。

「聖下を狙《ねら》ったのは、聖下を亡き者にする事で利のある者だろう」

ナンバー2である枢《すう》機卿《ききょう》やそれに次ぐ地位にある司教がそれに該当する。

司教も同じ結論に達したのか、「自分や枢機卿猊下《げいか》が聖下を亡き者にしようとしたとでも?!」と言って激昂《げきこう》した。

「そうは言っておらん。だが、司教猊下には部下が多かろう」

「我が部下に魔王信奉集団に協力する者などおりませぬ!」

そういう司教が一番疑わしいわけだが。

「『自由の光』は狡猾《こうかつ》だ。家族を人質に取られ、やむを得ず協力していたという事件が過去にあったではないか」

「そ、それは……」

司教が唇を噛《か》む。

「では、私が預かるという事で宜しいですか?」

「それとこれとは話が別だ。貴様を信用するには材料が足らん」

これ幸いとライト少年の保護を申し出たのだが、けんもほろろに却下されてしまった。

ライト少年が泣き出しそうだったから、少し気が逸《はや》ってしまったようだ。

「――猊下。私にはパリオン神国とシガ王国の友好を結ぶ為《ため》に来訪した観光副大臣が、『自由の光』に与《くみ》するとは思えん」

なぜか賢者がフォローしてくれた。

「それでも信じられぬというなら、勇者殿に預けよ。従者のリロ殿なら、常に聖都にいるから尋問するのも問題あるまい」

賢者に「宜しいかな？」と問われてリロが頷《うなず》く。

「待たれよ！　私はそのような事に同意しておらん！　その小僧が聖下に人形を渡したのは事実！　知っている事を全《すべ》て尋問してからでなくば引き渡せぬわ！」

司教はなかなか強情だ。

「猊下は彼のスキルを鑑定しておられぬのか？　彼は訓練された間者ではない。尋問官に追及させたとしても、痛みから逃れる為に偽証する可能性が高い」

理詰めで攻められて司教が「ぐぬぬ」と唸《うな》る。

賢者はそんな司教の耳元に顔を寄せ、「故に、泳がせて彼を口封じに現れる者を捕らえるのだ」と耳打ちした。

「私の手の者を付けるつもりだが、それで足りぬと思われるのなら猊下も部下に張り込みをさせるといい。それとも泳がせると何かまずい事でも？」

「口封じだけされて、逃げられたらどうする？」

「その程度の事もできぬような者を付けるつもりはない。司教猊下も我が配下の事はご存じのはずだ」

「もし逃げられれば、賢者殿に責任を取っていただきますぞ！　聖下のご寵愛《ちょうあい》を盾に、いつまでも専横を通せるとは思わぬ事だ！」

「しかと心得よう」

「——ふんっ」

　賢者の配下はよほど腕が立つのか、司教は唸るばかりで反論できず、最後に捨《す》て台詞《ぜりふ》を残して去っていった。

　司教が肩を怒らして去った後、賢者が場を仕切り、ライト少年は書記官リロの預かりとなった。

　賢者は「少年の件を手配してくる」と言って大聖堂へ向かい、入れ替わりにやってきた似顔絵描きの兵士が、ライト少年からお婆さんの特徴を聞き取りするのに付き合った。

　終わった後で賢者に会おうと思ったのだが、マップ情報によると法皇の部屋にいたので、「魔王の人形」の件や「ライト少年の父親」の件を彼に尋ねるのは、また今度になりそうだ。

◆

「勇者殿、魔王の居所を再調査するのはいいが、多大な犠牲を払って見つけても、今までのように魔王に逃げられて終わるのではないか？」

次の日、勇者ハヤトと参加した会議では、始まって早々に枢機卿から期待した通りの質問が来た。

事前の打ち合わせ通り、書記官リロが対策について語る。

「――空間魔法を阻害する魔法装置、だと？」

「はい、ペンドラゴン卿がエルフの里から貸与された品です」

ボルエナンの森なら本当にありそうだが、今回は単なるダミー品だ。

「すでに性能は確認してジュールベルヌに積んである。パリオン神国側で空間魔法使いを呼んでくれるなら、試してもいい」

「賢者殿、いかがかな？」

「試すまでもあるまい。ここで勇者殿が嘘《うそ》を吐《つ》くメリットはない。サガ帝国の空間魔法使いに試させたのだろう？」

勇者ハヤトが首肯する。

「それで本当に魔王の逃亡を防げるのですかな？」

「はい、シープナス司教猊下。有効範囲に収める事さえできれば確実に」

不安そうな司教からの質問に、書記官リロが答える。

「失敗した時の言い訳か？」

そう突っ込んだのは枢機卿だ。

「相手は魔王です。絶対はありません。勇者殿が信じるというのです。私達も信じねば」

静かに聞いていた法皇がフォローしてくれた。

「魔王の転移が防げるというのであれば、私も討伐に参加しよう」

「け、賢者殿？　転移が防げると決まったわけではない。それに先日の魔王襲撃をお忘れか！　賢者殿がいなくて誰《だれ》が魔王と戦い、聖下を守るというのだ！」

枢機卿が慌てた口調で翻意を促す。

「心配無用だ。聖下には優秀な神殿騎士達がいる。こたびの魔王襲来でも、私が駆けつけるまで聖下をお守りしたのは彼らだ」

賢者の言葉に枢機卿が黙る。

「心配ならば、聖剣を使うメーザルト卿以外の神殿騎士を大聖堂に残せばいい。パリオン神国の栄誉を担う者は一人いれば十分ではないか？」

「いや、メーザルトは対魔王の切り札として聖下のお傍《そば》に控えさせるべきだ」

「枢機卿猊下！　聖剣は守りよりも攻めに使うべきだと主張させていただきたい！」

聖剣使いのメーザルト氏が椅子を蹴《け》り倒す勢いで立ちあがって、前線から外されてはならじと主張した。

「控えよ、メーザルト。私も枢機卿猊下に賛成だ」

司教も枢機卿に賛成する。

どちらかというと彼は魔王の脅威となる聖剣使いを、法皇護衛の名目で聖都に釘《くぎ》付《づ》けにしたいだけな気もするけどさ。

「聖下、私の討伐参加をご許可ください」

「メーザルト！」

「控えよ！」

法皇に直訴した聖剣使いを、枢機卿と司教が慌てて制する。

「――聖下」

声を掛けた賢者に頷き、法皇が聖剣使いや枢機卿達を順番に見る。

「ドーブナフ、シープナス、私や聖都の安全を気に掛けてくれるのは嬉《うれ》しく思う。だが、私はメーザルトの望み通り、勇者殿やソリジェーロとともに魔王討伐に旅立たせたい」

「聖下！」

「お考え直しください！」

枢機卿と司教が法皇に食い下がる。

「勇者殿が旅立った後、私はパリオン様の加護と大聖堂の力を用いて聖都を神聖結界で封じます。魔王といえども、そうやすやすとは壊せないはず」

皆《みんな》が静かに法皇の話に耳を傾ける。

「聖都に残るリロ殿なら、勇者殿に救援を求める事もできると聞き及んでいます」

法皇に見られた書記官リロが頷いた。

「都市に満ちる力を防衛に回せば、農作物や水源を維持する事が……」

「ええ、支障は出るでしょう。ですが、これは戦いです。パリオン様の使徒である勇者殿が全力で魔王と戦えるように、我らパリオン神国の民も彼らを陰から支えるのです。それこそ、パリオン様の神意に添うと私は考えます」

法皇に諭されて、枢機卿と司教も深々と頭を下げて彼の意に従った。

もっとも、枢機卿は経済的損失を考えて苦い顔だったし、司教は対魔王戦の戦力強化を阻止できなくて困り顔だった。

「では、勇者殿、続きを――」

法皇に促され、その後は部隊編制について話し合われた。

概《おおむ》ね前回と同じで、勇者達の部隊にオレ達と賢者が同行する事に決まった。

オレ達は勇者の提案で合流したのだが、賢者は本人が強く希望したからだ。目端の利く賢者がいると緊急時に本気を出せないので、遠回しに神殿騎士の部隊に押し付けようとしたのだが、聖剣使いや黒騎士が賢者の意見に賛同した為、流れに負けた。

ちなみに、魔王を発見したら、オレと斥候セイナは第六魔窟《まくつ》に急行する事になっている。

後は勇者ハヤト達が魔王を逃走させたら、斥候セイナが「神授のお守り」でジュールベルヌに乗った勇者ハヤト達を召喚する手はずだ。

出発は部隊の休息や魔王戦で殉職した神殿騎士団長の葬儀が終わった三日後に決まり、オレ達はつかの間の休息を取る事になった。

◆

「あの人だかりはなんだ？」

長い会議を終えて、勇者ハヤトと一緒に大聖堂の裏手に出ると、何やら人だかりができているのが見えた。

喧噪《けんそう》と一緒に、金属がぶつかり合うような音が聞こえてくる。

「何か試合をしているようですね」

そう話しながら近寄ると、仲間達がサガ帝国の戦士達や従者達と試合をしているのが見えた。

「……■破裂《クイック・バースト》。——からの奥義『桜花一閃《おうかいっせん》』！」

「試合に攻撃魔法や必殺技を使うのは、マナー違反だと告げます」

「全部防いでおいてよく言うわ」

ナナはリーングランデ嬢と試合をしている。

公都への船旅でイパーサ卿やオレを相手にした時と違って、わりと本気モードだ。

「ほう、良い動きだな。シガ王国の『聖盾』レイラス殿に勝るとも劣らない腕だ」

勇者ハヤトがナナの動きを目で追う。

「ナナ！　受け流しは一流だ。だが、受けがまだ甘い。受ける瞬間に身体《からだ》を僅《わず》かに沈めろ。それで威力が逃げる。可能なら攻撃を受け止める直前に身体強化を重ね掛けしろ。魔力消費は跳ねあがるが、吹き飛ばされて後ろにいる仲間を怪我《けが》させるよりはいい」

「イエス・ハヤト、教えを再現します。リーングランデ、爆裂魔法を」

勇者ハヤトにアドバイスを受けたナナが実地で練習する。

「飲み込みがいいな。もうモノにし始めているぜ」

笑顔の勇者ハヤトがナナ達の方に歩み寄る。

「魔刃スキルは使えるな？　なら、単発魔法や下級魔法は受けるんじゃなく、剣で切り払え」

勇者ハヤトがそう言って、リーングランデ嬢に「小火弾《ファイヤショット》」を撃たせて、聖剣で切り払ってみせる。

「どうだ？　できそうか？」

「イエス・ハヤト。トレーニングを開始すると告げます。リーングランデに協力を要請します」

「はいはい、付き合ってあげるわよ」

ナナが何度もリーングランデ嬢の魔法に吹き飛ばされながら、魔法を切り飛ばす練習をする。

「どのくらいでできるようになるんですか？」

「一朝一夕じゃ無理だな。ルススやフィフィはわりとすぐできるようになったが、それでも一〇日は掛かった。リーンは半月だな」

ちなみに勇者ハヤトと三人の従者以外に、それが完璧《かんぺき》にできた者はいないそうだ。

魔法を散らす事自体はすぐにできるようになったが、威力を完全に消し飛ばすほどとなると難易度が跳ねあがるらしい。

なかなかハードルが高いけど、有用な技なのでナナには覚えてほしい。

しばらく、ナナの特訓を見守った後、他《ほか》の子達の様子を見ようと周囲に視線を巡らせてみる。

「ジィ・ゲイン流の初太刀を躱《かわ》すとはやるではないか！」

「ルドルー！　その子は俺と互角に渡り合った猛者だ。気を抜いているとやられるぞ！」

「ポチはイアイバットーのプロなのですよ！」

ポチはサガ帝国のサムライと試合をしているらしい。

その隣ではリザがルススと戦っていた。

「うっはっ、すっげー。ハヤト並みの突きかよ」

「ルスス！　早くあたしと代われ！　あたしももう一回、リザと戦いたい！」

「うっせ！　あたしが堪能《たんのう》しきるまで待ってろ！」

リザはルススと互角以上に渡り合っている。

話から察するにフィフィとも良い勝負をしたようだ。

「ほう、あの娘もなかなかの逸材だな」

勇者ハヤトが三人のところに歩み寄り、リザに手ほどきを始めた。

楽しい試合相手を取られたルススとフィフィが抗議していたが、次第に熱の入り始めた勇者ハヤトとリザの攻防に見とれて口を閉ざす。

勇者ハヤトはかなり手加減してくれているが、それでもそれについて行っているリザは凄《すご》いと思う。リザなら大丈夫だろうけど、勇者が公都でオレに手ほどきしてくれた時のように、ついうっかりで必殺技を放たないか少し心配だ。


そんなリザ達の向こう、少し離れた木陰に弓兵ウィーヤリィとルルがいた。

一見、和風美少女と長耳族《ブーチ》の美女が詩集の朗読でもしていそうな雅《みやび》な雰囲気だが、聞き耳スキルが拾ってきた会話は少し違った。

「ルル、あなたは空気をどう読んでる？」

「普通に目で見てです。的が遠い時は術理魔法を補助に使っていますよ」

「へー、どんな風に？」

スナイパー・ルルの狙撃《そげき》談義はちょっと興味があるが、それはまた今度教えてもらおう。

二人の傍でミーアはリュートで曲を奏で、アリサは木の幹にもたれかかって禁呪《きんじゅ》の魔法書を読み込んでいる。

「うわっ、火魔法の魔法道具《マジック・アイテム》なんて卑怯《ひきょう》だぞ！」

「魔法道具、違う～？」

「どう違うのさ」

「これは忍術～」

タマは斥候セイナと試合中だ。

タマはクボォーク王国への旅行中に覚えた火石《ひいし》の粉を使った火遁《かとん》の術や風石《かぜいし》の粉を使った風遁の

術に加え、今では多種多様な忍術を使いこなし始めている。


「――面白い術だ」

いつの間にか、賢者が横に立っていた。

「魔法系のスキルのようだが、初めて目にする」

「あれは忍術というスキルです」

「あれが忍術？　私の知る忍術とは少し違う――実に興味深い」

賢者は鑑定スキルを持っているので、タマが使うスキルの名前を教えても問題ないだろう。

彼はタマの一挙手一投足を見逃すまいと真剣な顔で見つめている。

――そうだ。

いい機会なので「魔王の人形」や「ライト少年の父親」について尋ねてみよう。

「先日の人形の件ですが、少年の言っていたお婆《ばあ》さんは見つかりましたか？」

「司教殿から聞いておらぬのか？　老婆を雇った者までは判明したが、司法の手が及ぶ前に始末されたそうだ」

蜥蜴《とかげ》の尻尾《しっぽ》切《き》りか……。

「お婆さんは――」

「心配せずとも無事だ。聖下が気に掛けておいでだったので、私の配下に確保させた。今は大聖堂の下働きに雇われているはずだ」

良かった。無関係な人が口封じに殺されるのは嫌だからね。

「賢者様はあの人形がなんだったのかご存じですか？」

「分からぬ。怪しい気配は感じなかった。術具の類《たぐ》いではなく、魔王が堕《お》ちる前に大切にしていた品であろうよ」

魔王になっても大切な品か……。

なんとなく気になる事があるんだけど、それが何か思い出せない。せっかくの高い知力値《INT》も、覚える気がなかった事象までは思い出せないんだよね。

あの時に人形をマーキングしていなかった事が悔やまれる。

「賢者殿、あの人形を法皇猊下《げいか》に渡した少年なんですが――」

オレはライト少年が父親を捜して聖都に来た事を話し、彼の父親を聖都に来るように勧誘したのが賢者だとライト少年が言っており、その行方を知らないか尋ねてみた。

「すまないが覚えていない。周辺諸国を巡って、大勢の才ある者を勧誘していたのだ。そのほとんどは聖都に連れてきた。聖都におらぬなら、里に帰ったか役目を与えられて聖都を離れているかのどちらかであろう」

賢者は少し考えた後、そう言った。

彼は各地でヘッドハンティングしていたようだ。

「急ぎでなければ門番にでも手配するがいい。必要なら口添えしてやろう」

その申し出は嬉《うれ》しいので口添えを頼む。

オレは賢者に礼を言い、書記官リロのところにいるライト少年にその件を伝えに向かった。

すぐに見つかるわけじゃないけど、父親が聖都に戻ってきた事が分かれば君に連絡が届くはずだと伝えると「ありがとう貴族様！」と言って踊るように喜んでくれた。

今は書記官リロのメッセンジャーボーイみたいな仕事をしているそうだ。

門番に袖《そで》の下《した》を渡してライト少年の父親の件を頼んだ後、魔王討伐に必要なアイテムを作りにボルエナンの森へと向かった。

概ね完成させる事ができたが、忙しすぎてアーゼさんとイチャイチャする時間が少ししか取れなかったのが残念だ。

なお、作戦開始までの間に、オレがリストを提供した「自由の光」は二人を除いて全員が捕縛された。彼らに協力していた者達も一斉摘発されたらしい。

逃げた二人は高レベルで「変装」「魅了」「精神魔法」といった悪用したらヤバいスキルを持つ連中だ。

事前に司法担当のシープナス司教が逃がしたのを、書記官リロが派遣した諜報《ちょうほう》員と法皇直轄の覆面捜査官が確認し、彼もお縄になった。

この時に偽装アイテムである「盗神の装具〈贋作《がんさく》〉」も白日の下に晒《さら》され、他に持つ者がいないか徹底的に捜索されたらしいが、他には見つからなかったそうだ。この偽装アイテムは法皇に渡され、彼にしか入れない場所に厳重に封印されたらしい。

捕まった「自由の光」の構成員はシープナス司教も含め、聖都の処刑場で絞首刑となった。

遠くから、ぶらさがるシルエットを見てしまい、しばらく気分が悪かったよ。

シープナス司教が逃がした二人は、賢者配下の隠密《おんみつ》部隊に発見され同様に処分されたそうだ。

◆

作戦開始の前夜、オレ達は魔王討伐の壮行会を開いていた。

「ば、馬鹿《ばか》な！　カレーライスだとぉおおお！」

勇者がテーブルの上に並べられたカレーセットを見た途端、大声で叫んで立ちあがった。

勇者が借り切っている宿舎なので問題ないが、もう少し声量を落としてほしい。

グルンッと音がしそうな勢いで振り返ってきたので、こくりと頷《うなず》いて「本物です」と告げる。

「験を担いでカツカレーにしてみました」

猪《いのしし》肉ではなく、サガ帝国から輸入されたという豚肉を使った本物のトンカツだ。

「おおっ、さすがはサトゥー！　分かってるじゃねぇか！」

勇者が待ちきれないようなので、アリサがすばやく手を合わせて「いただきます！」と号令をする。

「くぅううう、本物のカレーだ！」

勇者は感涙にむせびながら、カレーライスにスプーンを入れる。

勢い余って、カレーライスを爆散させないか心配だったが、それは杞憂《きゆう》のようだ。

「うんまぁああああああああい」

一口食べて叫んだ勇者が、犬食いしそうな勢いでカレーライスを搔《か》き込む。

「やっぱ、カレーは飲み物よね」

「いや、それは違うだろう」

アリサのしたり顔の発言に異を唱え、勇者の従者達にも料理を勧める。

「なんだか変わった香りのシチューね？」

「あたし辛いのダメ」

「辛いけど美味《うま》いぞ」

弓兵ウィーヤリィやルススは美味《おい》しそうにカレーを食べ出したが、フィフィは香りを嗅《か》ぐなり皿を遠ざけた。狼耳《おおかみみみ》族のフィフィには匂《にお》いがキツかったようだ。

「あら？　美味しいのに」

神官ロレイヤが耳元の髪をかきあげながら、上品にカレーを食べる。

なんだか仕草が色っぽい。

「喰《く》わないなら、寄越《よこ》せ」

フィフィが脇《わき》にどけた皿を、素早く勇者が奪っていく。

いやいや、普通にお代わりしてくれたらいいから。

「ああ、これが伝説のカレー！」

「初代勇者様が生涯追い求めた幻の料理ですわね」

リーングランデ嬢やメリーエスト皇女は感動に打ち震えていて、なかなかスプーンを入れる事ができないようだ。

「フィフィさん、辛いのが苦手なら、こちらをどうぞ」

「おお、美味そうな匂い」

ノーマルなオムライスを差し出したところ、フィフィが狼耳をピクピクさせながら、皿を覗《のぞ》き込む。

「へー？　卵料理？　サガ帝国のオムレツみたいだね」

「オムレツ！　こ、この赤いソースはニンジンでしょうか？」

そこに勇者の陰でカレーを食べきった斥候セイナと書記官リロが、素晴らしい速さでフィフィの両脇を固めて皿を覗き込む。

「こ、これはあたしのだからな！」

二人の勢いに不安になったフィフィが両腕で抱き込むように、オムライスの皿を隠す。

「フィフィ、一口ください」

「ボクも食べたい！」

書記官リロと斥候セイナがフィフィにせがむ。

「お前らの一口は信用できない」

「失礼な！　セイナはともかく、私の一口なんて可愛《かわい》い物です」

「ちょっとー、ボクだって可愛いぞー！」

従者達は仲がいいね。

「おまたせ～？」

「追加ニチョーなのです」

もう少し三人の掛け合いを見ていたかったが、追加の皿を持ったタマとポチが現れたので、争いに終止符を打つ事にした。

「追加のオムライスが届いたようですが、お二人もいかがですか？」

「やったー！」

「ペンドラゴン卿《きょう》もお人が悪い」

斥候セイナは即座にオムライスに食らいつき、書記官リロはオレをちろんと睨《にら》んだ後、澄まし顔でオムライスを口に運んだ。

「ニンジン、じゃない？　これは何のソースなのですか？」

「とめいとぉ～？」

「ケチャップなのです！」

「トメイト・ケチャップのソースですか？」

リロは妙に上手《うま》い発音のタマの言葉と日本語発音のポチの言葉を繋《つな》げてしまったようだ。

「トマトから作ったケチャップというソースを使っています。リーングランデ様の故郷、オーユゴック公爵領の名産品ですよ」

「——名産？　サトゥー、私はそんなソースは知らないんだけど？」

オレの説明を聞いたリーングランデ嬢が反応する。

「ん、サトゥー」

「マスターが開発したと紹介します」

「へー、さすがは『奇跡の料理人』ね」

ミーアとナナの解説に、リーングランデ嬢が懐かしい称号でオレを呼んだ。

「お待たせしました。オーミィー牛のすき焼きです」

大きなすき焼き鍋《なべ》が載った台車を押して、ルルとリザが入ってくる。

「すき焼きだと！」

五皿目のカレーを平らげた勇者が、神官ロレイヤに黄色くなった口元を拭《ふ》いてもらいながら、ルルの方を振り返る。

「はい、勇者様の国のお料理です」

ルルは勇者相手でもあまり普段と変わらない。

たぶん、自分の料理を美味しそうに食べてくれる人は、仲間達と重なるのだろう。

「生卵はいかがでしょうか？」

「おう、喰う！」

ルルとは逆に珍しく緊張したリザが、勇者ハヤトに生卵の入った取り皿を手渡す。

手が僅《わず》かに震えているのが、武者震いでない事を祈りたい。

「に、肉～？」

「肉なのです。でも、今は『待て』だから、待たないといけないのです」

タマとポチが涎《よだれ》をだらだらと垂らしながら、すき焼き鍋の中の牛肉を見つめる。

――はて？　そんな指示は出していないんだが？

「ハヤト達に先に堪能《たんのう》してもらおうと思って」

どうやら、アリサが犯人だったらしい。

「心配しなくても、絶対に食べきれない量を用意したから大丈夫だよ」

丸ごとのオーミィー牛三頭分だけでも大した量だけど、それに加えて「区画の主《エリア・マスター》」の中にいた超巨大な牛系魔物の肉もある。後者は最上級のオーミィー牛ほどではなかったが、味の濃いすき焼きに使う分には差異を感じられない程度の違いなので問題ないだろう。

「それにルルに別メニューを頼んでおいたから、そろそろ来るんじゃない？」

アリサの言葉に合わせたように、扉を開けてメイド達がハンバーグや唐揚げを運んできた。

「はんばーぐ～？」

「まさかのハンバーグ先生の登場なのです！」

タマとポチが「食べていい？」という顔でこちらを振り向いたので、こくりと頷いて許可を与えた。

「わ～い？」

「ポチの戦いはこれからなのです！」

タマとポチだけでなく、他《ほか》の子達も食事を始めたようだ。

「それ、美味いのか？」

「もっちのろん～？」

「あたしにも、くれ」

「もちろんなのです！　ハンバーグ先生は懐深いのですよ！」

オムライスやカレーを食べ終わったフィフィとルススが、ハンバーグ山脈の攻略戦に参加を表明した。

リザが挑むヤキトリ戦線には、斥候セイナと竜泉酒の瓶を確保した神官ロレイヤが参戦したようだ。

ミーアがプロデュースした茸《きのこ》料理と野菜料理は、弓兵ウィーヤリィと書記官リロが夢中になっている。

「若様」

給仕がオレに耳打ちした。

変装しているが、彼は元怪盗のピピンだ。

「クロ様の命で来てる。毒を盛ろうとしたバカがいたから排除しておいた。縛ってリネン室に放り込んでおいたから早めに回収しな」

そう告げると、彼は来た時と同様に自然な感じに部屋から出て行った。

万が一の毒殺対策に連れてきたのだが、ちゃんと働いてくれていたようだ。雇って良かった。

オレは下戸のカゥンドー氏を連れて毒殺未遂犯を回収し、後始末は彼と彼の部下に任せて部屋に戻る。

「サトゥー、飲む？」

「いただきます」

和気《わき》藹々《あいあい》とした従者達と仲間達との交流を眺めながら、リーングランデ嬢の差し出した酒杯を受け取る。

どうやら、中身はサガ帝国のウィスキーのようだ。

「ありがとう、サトゥー。最近のハヤトは魔王討伐が上手くいかなくて思い詰めた感じだったから、心配していたの」

「ええ、肩から力が抜けていつも通りのハヤトに戻っているわ。あなたは最高の援軍ね」

オレにはまったく違いが分からなかったけど、彼女達は最近の勇者ハヤトが危うく感じていたようだ。

やけに持ちあげてくれるリーングランデ嬢とメリーエスト皇女の言葉に「恐縮です」と答えて、軽く乾杯をして酒杯を飲み干す。

――しまった。

飲み干してから後悔した。

もっと味わって飲むべきだった。

「良い酒ですね」

「ええ、皇族にしか飲めない『サガ』の銘を与えられた唯一のウィスキーですもの」

「宜《よろ》しかったんですか、そんなに良い酒を」

「ええ、ロレイヤが独り占めしている竜泉酒よりは普通の品ですもの」

確かに、竜泉酒は金をいくら積んでも手に入らないもんね。

「皆さんも飲みますか？」

オレはそう言って懐経由でストレージから取り出した竜泉酒の小瓶を見せる。

「美味しそうなお酒の香りがしました」

柔らかな質量と、酒気を帯びた色っぽい声が背中に降ってくる。

顔をそちらに向けると、間近に上気した神官ロレイヤの横顔があった。

オレの背中越しに酒瓶へと手を伸ばすので、背中がとても幸せな感じだ。

「ロレイヤ、少し落ち着きなさい」

「サトゥーが困っているでしょ」

メリーエスト皇女が窘《たしな》め、リーングランデ嬢がオレの手を引いて神官ロレイヤの強襲から助けてくれた。

「あら？」

「きゃっ」

ラッキースケベ神のご加護か、リーングランデ嬢の膝《ひざ》の上に神官ロレイヤもろともダイブするはめになってしまった。

もちろん、全力で頑張れば回避可能だったが、ここは神の意志を尊重して上下の柔らかさを堪能させてもらう事にした。鉄壁ペアもご馳走《ちそう》と勇者の相手で忙しそうだったしね。

◆

夜も更け、宴《うたげ》は飲み会の様相を呈してきたので、仲間達は部屋に下がらせて大人の社交タイムへと移行した。

監視役を名乗るアリサは参加していたが、間違って摂取したアルコールに撃沈され、リザと一緒に夢の中に旅立っている。

「サトゥー、勝てると思うか？」

窓から夜景を眺める勇者ハヤトの横顔には、僅かな不安がある。

「ハヤト様なら、お勝ちになりますよ」

次の魔窟《まくつ》攻略で魔王終了の予定だから、絶対に勝ってもらおう。

逃走手段さえ押さえれば、今のハヤト達なら魔王に勝てるだけの実力はあるはずだ。

「そうか！　お前がそう言ってくれると絶対に勝てそうな気がしてくるよ！」

「はい、それでこそ『サガ帝国の勇者』です」

「ああ、そうとも！」

勇者の明るい笑い声が宴の会場に響き、その姿に彼の仲間達もリラックスしてくれたみたいだ。

これなら、魔王討伐も楽勝だね。

魔王包囲網

〝サトゥーです。昔読んでいた名作漫画の強敵と戦うシーンで、仲間を先に行かせる為《ため》に一人また一人と脱落していく姿に手に汗握った覚えがあります。脱落した仲間が最後に加勢に来るシチュエーションもいいんですよね。〟


「砂《さ》塵《じん》兵が少し強い、か？」

砂塵兵と戦う偵察隊を見守りながら、勇者ハヤトが呟《つぶや》いた。

魔窟での戦闘は、魔王連戦に備えて勇者一行が消耗しないように、オレ達とサガ帝国の偵察隊が交代で行っている。

ちなみにオレ達が探索している魔窟に魔王がいる。

二日ほど前に魔王が第六魔窟から移動したのを察知したので、勇者達の探索場所がここになるように仕組んだのだ。

「そうですね。支援魔法で強化されているようです」

二割増し程度だから判別しづらいけれど、支援魔法としてはそれなりに優秀な部類だ。

「ならば、少し手出ししよう」

賢者が聞き取りにくい声で詠唱し、砂塵兵に行動阻害系の影魔法を使う。

「踏ん張る時に足が滑り、足をあげる時に抵抗が増える程度の魔法だが、戦力が拮抗《きっこう》している時には意外と使える」

彼が言うように、すぐに形勢が逆転し、偵察隊が砂塵兵を倒してしまった。

「へー、下級の阻害魔法も使えるのね」

「レジストされない支援魔法に偏りがちだが、使いどころを正しく押さえれば支援魔法以上の効果を発揮する。魔法使いなら覚えておいて損はない」

「なるほどね～」

賢者に相鎚《あいづち》を打つアリサだが、彼女もよく空間魔法で相手を躓《つまず》かせたりして似た事をしていた。

「……阻害」

ミーアも思うところがあったのか、魔法書のページをめくっている。

水魔法なら「絡水流《エンタングル・アクア》」あたりがいいんじゃないかと思う。

「オーガタイプが来ました。行きますよ、二人とも」

「あいあいさ～」

「らじゃなのです！」

獣娘達が通路の奥から来たデミオーガ級の砂塵兵へと躍りかかる。

「目潰《めつぶ》しの術～？」

タマが唐辛子の粉末を風遁《ふうとん》の術に乗せて砂塵兵に吹き付けた。

――ＤＥＺＺＺＺＺＺＥＲＹＴＴ。

視界を潰された砂塵兵が顔を覆って悲鳴をあげる。

「とー、なのです！」

「——螺旋槍撃《らせんそうげき》」

無防備な左右の脇腹《わきばら》にポチの突きとリザの必殺技が炸裂《さくれつ》した。

——DEZZZZZERYTT。

砂塵兵の体力《HP》ゲージが凄《すご》い勢いで減っていくが、まだ倒すには至らない。

苦し紛れに両手の平から高圧水のように吹き出す砂流でポチとリザを薙《な》ぎ払おうとするが、二人は深追いせずに素早くバックステップで安全圏へと逃げる。

「タマはおしゃまな首刈り人～？」

空歩で砂塵兵の首元に取り付いたタマが、頸動脈《けいどうみゃく》のあたりを掻《か》き切る。

タマを潰そうと砂塵兵が大きな手で狙《ねら》うが、それは——。

「——狙い、撃ちます！」

スナイパー・ルルの金雷狐《きんらいこ》銃が弾《はじ》き飛ばす。

「盾攻撃《シールド・バッシュ》と告げます！」

瞬動で懐に入り込んだナナが、がら空きの胴体を大盾で撥《は》ね飛ばす。

それにミーアの水魔法「水剣山《スプラッシュ・ニードル》」とアリサの火魔法「豪火弾《ブラスト・ショット》」が止《とど》めを刺した。

ミーアの精霊魔法やアリサの空間魔法は賢者の前では控えさせている。

「オーガの陰に高速型だ！」

偵察隊の誰かが叫ぶ。

豹《ひょう》のような砂塵兵が何体も戦場に飛び込んできた。

「ちょいや～？」

「ポチの背後は取らせないのですよ！」

タマとポチが壁を走って襲ってきた豹型砂塵兵を斃《たお》す。

ルルも金雷狐銃で狙ったが、素早い動きで避《よ》けられてしまう。金雷狐銃を当てるには厳密に空気の状態を把握しないといけないからだろう。

「――むっ」

ルルが唇を噛《か》む。

スナイパー・ルルとしては当てられなかったのが悔しかったようだ。

ルルの瞳《ひとみ》がトントンと壁を蹴《け》って襲ってくる豹型砂塵兵を追う。

「そうか――」

金雷狐銃から撃ち出された雷球弾を、豹型砂塵兵は先ほどのように回避する。

だが、雷球弾は自ら意志を持ったかのように軌道を変更し、豹型砂塵兵の行く手を塞《ふさ》ぐように先回りして命中した。

「どうして？」

「えへへ、逃げる先に雷球弾が行くように、空気の流れを先読みしたんです」

弓兵ウィーヤリィの問いにルルが輝くような笑顔で答えた。

「先読みってレベルじゃないんだけど……」

なぜか弓兵ウィーヤリィに「お前の仕業か」とでも言いたげな目で見られてしまった。

ルルが凄いのは彼女の努力と才能のお陰なので、素直に褒めてあげてほしい。

「ちびっ子達の活躍を見てたら、なんだかあたしも戦いたくなってくるぜ」

「まったくだ。メリー、たまには戦ってもいいだろ？」

「しかたないわね。疲れない程度になさい」

「私もやる」

そんな感じで途中から戦闘ローテーションにルスとフィフィと弓兵ウィーヤリィを加え、オレ達は魔王がいる最奥の間へと調査を進めた。


「猫耳族の娘よ」

何度目かの小休止の時、仲良くオヤツのヒュドラ・ジャーキーを食べるタマとポチの所に、賢者が接近した。

「にゅ～？」

耳をぺたんと伏せたタマがポチの方に身を寄せながら、賢者を見上げる。

タマは賢者が苦手なようだ。オレは飲んでいたコーヒーカップを置いてさりげなく立ちあがり、いつでもフォローできるようにタマの傍《そば》に移動した。

「タマがどうかしましたか？」

「警戒させたようなら詫《わ》びよう。その娘の使う技に興味があったのだ」

オレが声を掛けると、賢者はそう答えた。

「観察していたところ火《ひ》石《いし》や風《かぜ》石《いし》の粉を使って不思議な技を使っているようだが、他《ほか》の属性石は使わぬのか？」

「属性石～？」

「火石や風石の事だよ」

首を傾《かし》げるタマに、属性石の説明をする。

「例えば雷石《かみなりいし》の粉で雷撃などはできぬか？　――こんな感じだ」

賢者はそう言って小袋から取り出した雷石をタマに渡し、詠唱の短い「小稲光《リトル・ライトニング》」を見本に使ってみせる。

彼はアリサのように魔法スキルがない魔法でも行使できるようだ。

「やってみるる～」

乗り気のタマに雷石を削る為のヤスリと小皿を渡してやる。

興味を持ったタマの集中力は凄い。何度も失敗して、「びりびり～」と悲鳴をあげて痺《しび》れたり、急激に反応させすぎた閃光《せんこう》で「目がちかちか～」と言ってふらふらになったり、ポチと一緒に静電気で髪の毛を爆発させたりしていた。

それでもその次の日の休憩時間には――。

「タマは凄いのです！」

「できた～？」

――小さな稲光を飛ばしてみせた。

「ふむふむ、できたか。ならば魔刃のように刃《やいば》にしたりはできぬか？」

「やってみるる～」

さっきの稲光でコツを掴《つか》んだのか、タマが魔刃の上に紫電を纏《まと》わせ、雷刃のようなモノを作ってみせた。

「こんなのもある～？」

今度は火石の粉を使って魔刃に炎を纏わせて火炎刃を作る。

「なるほど、そう発展させたか……」

賢者が感心したようにタマを見下ろす。

「タマ、剣をうにょにょんとしてほしいのです！」

ポチは腕や身体《からだ》を軟体動物のように、うねうねとくねらせてリクエストする。

「あい」

それを聞いたタマが、火炎刃や雷刃を撓《しな》らせて鞭《むち》か蛇腹剣のように動かしてみせた。

「――なんと！」

予想外の出来事に、賢者が驚きの顔で固まった。

「……子供の発想は素晴らしい」

気まずさを咳払《せきばら》いして誤魔化《ごまか》した賢者が、持っていた杖《つえ》から黒い石を一つ剥《は》がし、それをタマに差し出した。

ＡＲ表示によると、黒い石は闇石《やみいし》ではなく、影石という見た事のない属性石だ。

「これをやろう」

タマが受け取っていいのか迷ってオレを見上げる。

「希少な品のようですが、宜《よろ》しいのですか？」

「構わん。この娘が影石でどのような不思議を起こすかを見てみたい」

そういう事ならいいか――タマに頷《うなず》いてやると、おずおずと手を差し出して賢者から影石を受け取った。

「影石は影に干渉する影魔法を補助する品だ。影に使ってみよ」

「あい」

タマが影石の粉を使うと、影が小さく波打った。

「おう、あめーじんぐ～？」

影に触れるようになったのが嬉《うれ》しいのか、タマが無邪気な顔でぱちゃぱちゃと影を叩《たた》く。

「凄いのです！　ポチもあめーじんぐするのですよ！」

粉を分けてもらったポチが、瞳を輝かせながら景気よく粉を影にぶちまけた。

「――あ」

ずぼんっとポチとタマが影に沈む。

リザが慌てて二人の襟首を掴んで引きあげる。

「あ、危なかったのです」

「ポチ、反省しなさい」

「はいなのです。ポチに『あめーじんぐ』は少し早かったのです」

ポチはアリサが教えたらしき「反省」のポーズで謝る。

「——右側道感知！　また高速型です！」

歩哨《ほしょう》に立っていた魔法兵が叫んだ。

何体かの豹型砂塵《さじん》兵が、背をかがめないと通れないような狭い側道から飛び出てきた。

レーダーで感知していたのでオレが蹴り倒そうと思ったのだが、賢者が腕を伸ばして制止したので彼に始末を任せてみる。

「……■　影鞭《シャドウ・ウイップ》」

砂塵兵の影から伸びた影鞭が投網のように広がって砂塵兵を捕らえる。

タマも影石の粉を使って真似《まね》ようとしたが上手《うま》くいかない。

「難し～？」

「一朝一夕にはいかぬか。精進せよ」

「あい」

賢者は頷くタマを見て満足そうにする。

その背後では偵察兵達が身動きできない砂塵兵に殺到して止めを刺した。

そして三日目の朝、偵察に出ていた斥候セイナが、最奥の間にいる魔王の姿を発見した。

◆

斥候セイナの報告を受けて、音がしないように金属鎧《よろい》を脱いだ勇者ハヤトとオレが魔王を確認しに向かった。

『魔王の様子がおかしい』

「……鎧を着込んでいるのか？」

魔王は全身を漆黒の鎧で覆っていた。

「輪郭が揺らいでいます。あれは高密度の瘴気《しょうき》でしょう」

「それなら相手に触れるのはまずいな」

「はい、ハヤト様に投げつけられた瘴気の塊ほどではないと思いますが、組み付いたりするのはお止《や》めになった方がいいでしょう」

鎧の隙間《すきま》から覗《のぞ》く魔王の顔や身体は、皮膚を失ったように筋肉繊維が剥《む》き出しになっていた。

まるで「魔神の落とし子」の残滓《ざんし》を浴びた「赤縄の魔物」みたいな印象を受ける。

「戦闘前の支援魔法に対瘴気用のを入れさせよう」

勇者ハヤトがそう答えながら、魔王を凝視する。

たぶん、鑑定《アナライズ》スキルで魔王の能力をチェックしているのだろう。

「……マジか」

「何か問題が？」

ＡＲ表示される魔王の情報で、彼が何に驚いているかは分かっていたが確認の為《ため》に尋ねてみた。

「魔王のレベルが上がっている。前は俺様よりも低かったが、今は俺様よりも高い」

勇者ハヤトが難しい顔をしている。

レベル六二だった魔王が、大して日数も経《た》たないうちにレベル七二になれば、そんな顔もしたくなるだろう。

ちなみに勇者ハヤトがレベル六九なので、致命的なレベル差という程ではない。

「部下の砂塵兵を斃して上げたのでしょうか？」

「それはない。レベルは高くなればなるほど次のレベルに必要な経験値が跳ねあがる。レベル五〇台のレベルアップとレベル六〇台のそれは倍以上も違うんだ。おそらく、レベル七〇台はさらに倍になる」

最奥の間から戻りながら、勇者ハヤトが説明してくれた。

魔窟《まくつ》であれだけ砂塵兵を斃している彼が、公都で会った時からレベルアップしていないのを見れば、魔王のレベルアップがいかに異常か分かるというものだ。

「おそらくは、魔王が前に俺様に投げつけた、あの玉だ」

勇者ハヤトが腕を押さえながら呟《つぶや》く。

――思い出した。

そういえば「魔神の落とし子」の残滓を浴びて「裏返った」奇形大鼠《ミュータント・ラージマウス》はレベル二〇くらいからレベル五〇までレベルアップしていた。

その玉があの残滓と同種のモノなら、魔王のレベルアップの理由もそれで合っていそうだ。

「あの玉に腕を侵蝕《しんしょく》されている時、激しい痛みと心臓を鷲掴《わしづか》みにされるような恐怖とともに、力の塊のようなモノを感じた」

同行するオレや斥候セイナに聞かせるというよりは、独白のような呟きだ。

「あの力を受け入れていたら、俺様はあいつを圧倒できるような力を——」

「ハヤト様」

考えが危ない方に行きそうだったので声を掛けた。

「ハヤト様や従者の皆さんが力を合わせれば、きっと勝てます」

「サトゥー」

オレを見る勇者ハヤトに頷く。

「微力ながら、私達もお力添えさせていただきます」

「そうだよー、ハヤト。ボク達が絶対にハヤトを勝たせる。もっと信用してよねー」

「そうだな、セイナ。少し弱気になっていたようだ」

おどけて見せる斥候セイナに、硬かった勇者ハヤトの顔にも笑みが戻った。

「ルドルーだ〜」

「カゥンドーも一緒なのです！」

魔王発見から二日が過ぎ、黒騎士リュッケンやサガ帝国のサムライ達が合流した。

「ポチとタマも壮健そうで何よりだ」

「元気にしていたでござるか、チビ助達」

二人のサムライがタマやポチとハイタッチで挨拶《あいさつ》をする。

なんでも、交流試合で仲良くなったらしい。

「ノロマどもめ、ようやく来たか。これでようやく魔王討伐を始められる」

「なんだと、神殿の犬が！」

「錆止《さびど》め騎士が何ほどのものか」

聖剣使いの神殿騎士メーザルトと黒騎士リュッケンが喧嘩《けんか》を始める。

ちなみに神殿騎士達が到着したのは、ほんの五時間ほど前だ。

「さっさと準備をしろ！　これ以上待たせるな！」

「メーザルト殿、作戦開始は三刻半後よ」

気勢をあげる神殿騎士にメリーエスト皇女が釘《くぎ》を刺す。

「リュッケンも余計な体力を使うな。到着したばかりの連中と一緒に仮眠を取って疲れをとれ」

勇者ハヤトが両者を宥《なだ》め、休息を取らせる。

「サトゥー、行こう」

斥候セイナが呼びに来た。

彼女とオレの二人は魔王が逃亡する第六魔窟に先回りするのだ。

「分かりました。――それじゃ行ってくるよ」

「ご主人様、無茶しないでね」

「アリサ達も怪我《けが》をしないようにするんだよ」

仲間達に簡単な注意をして斥候セイナと一緒に、後続部隊にいた空間魔法使いの帰還転移《リターン》で地上へと送ってもらう。勇者ハヤトの部隊にもいたのだが、一人しかいない空間魔法使いを連れて行ってしまうと、非常時の対応ができなくなるので、後続部隊を待っていたのだ。

「――気持ち悪っ。やっぱボクは転移が好きになれないよー」

斥候セイナが乗り物酔いをしたような顔で呟く。

同感だ。オレやアリサの帰還転移だとこんな風にならないので、空間魔法使いのスキルレベルがそれほど高くないのが原因だろう。

オレは空間魔法使いに礼を言い、斥候セイナに続いてサガ帝国の高速飛空艇に乗り込む。

出発準備が完了していた高速飛空艇は、オレ達が乗り込んでハッチが閉まりきる前に離陸する。

轟音《ごうおん》とともに速度を上げ、乾いた空気を裂くように第六魔窟へと飛翔《ひしょう》した。

◆

「サトゥー、ここからは時間との勝負だよ」

「分かっています。ついてきてください」

オレは斥候セイナが追従できるギリギリの速度で第六魔窟を駆ける。

本当なら余裕のスケジュールだったのだが、黒騎士が三刻半──七時間の予定だった後続部隊の休息を四時間で切り上げてしまったので、全力で移動する羽目に陥っている。

幸い、高速飛空艇が第六魔窟に到着する寸前に通信魔法装置で連絡が来たので、ギリギリ間に合いそうだ。

通路で遭遇した運の悪い砂塵兵は魔核《コア》を蹴飛《けと》ばして排除し、速度を落とす事なく駆け抜ける。

「あはは、さすがはハヤトが友達って言うだけあるねー」

「まだ余裕がありそうですね。もう少し速度をあげますよ」

「ないない！　ボクはギリギリだよ！　そんなスピードは無理ぃいいいいいいいいい」

斥候セイナが余裕そうだったので、さらにスピードアップする。

そんな風に頑張ったお陰か、勇者ハヤト達が戦闘を開始する前に隠し通路へ辿《たど》り着く事ができた。

ここから先は隠密《おんみつ》行動が要求される。

魔王信奉集団「自由の光」の構成員がうろうろしているからだ。

『作戦を再確認するぞ』

空間魔法の「遠見《クレアボヤンス》」と「遠耳《クレアヒアリス》」が勇者ハヤト達の戦況を届けてくれる。

アリサの「戦術輪話《タクティカル・トーク》」だと今回の距離をカバーできないので、自前の空間魔法を使った。

『まずはメリー達後衛の攻撃魔法を叩き込む。それで雑魚の砂塵兵は殲滅《せんめつ》できるはずだ。それでも五体いる大型砂塵兵は何体か残るだろう。それはリュッケン班、メーザルト班、ハニー班、従者班で叩《たた》く』

勇者ハヤトが順番に各班を見る。

『皆が大型砂塵兵を斃《たお》しきるまで、オレが魔王を抑える。担当の大型砂塵兵を倒し終わったら、他《ほか》の班を手伝う事を忘れるな。魔王を斃すのは雑魚を全《すべ》て始末してからだ』

黒騎士班と神殿騎士班を見つめる時間が長めだったのは、彼らが作戦を無視して暴走しないようにと釘を刺したかったからだろう。

『魔王を斃し、皆で生きて帰ろう！』

勇者がそう締めくくり、最奥の間を見下ろす高台へと出た。

『魔法班詠唱開始、完了後はメリーの合図を待て』

メリーエスト皇女は「神授のお守り《タリスマン》」を使った詠唱同期を使っている。

たぶん、戦術級の禁呪《きんじゅ》を使うのだろう。アリサとミーアは火と水の上級魔法を、賢者は影魔法ではなく土系の上級魔法を詠唱している。

「サトゥー」

空間魔法の送ってくる映像や音に集中しすぎていたせいか、斥候セイナに呼ばれて少しビクッとしてしまった。

「見回りの足跡がある。わりと新しいよ」

「なら、ここからは手信号でいきましょう」

レーダーに映る構成員達を避けつつ進んでいるが、それは斥候セイナには伝えられないので無難な答えを言っておく。

斥候セイナに答えている間に、魔王への魔法攻撃が始まっていた。

最奥の間が土煙に満たされ、そこにアリサのモノらしき業火の奔流が叩き込まれる。

蒸気と炎に押されて土煙が流れ、魔王周辺の状況が見え始めた。魔王の周囲は賢者のモノらしき地面から生えた石柱に囲まれ、三体ほどの大型砂塵《さじん》兵が満身創痍《まんしんそうい》で辛うじて生き残っている。

禁呪を喰《く》らったにしては魔王のダメージが少ない気がする。きっと反射光鱗《こうりん》が優秀なのだろう。

賢者の土魔法は範囲が広いようで、あちこちに極太の石の柱が生えて、けっこうな数の中型砂塵兵が斃されていた。

『行くぞ！　俺様に続け！』

作戦通り、勇者ハヤトが魔王へと突撃し、三体の大型砂塵兵に残りのメンバーが躍りかかる。

勇者の従者が中央の大型砂塵兵を、黒騎士を始めとするサガ帝国軍が右側の大型砂塵兵を、聖剣使いを始めとする神殿騎士達が左側の大型砂塵兵をそれぞれ担当するようだ。仲間達は遊軍として、苦戦している場所の応援に入る。

その戦いを見守りつつ、オレと斥候セイナは「自由の光」の警備網を抜けながら先へ進む。

「サトゥー、目的地はまだ？　ハヤト達が魔王との戦いを始めたよ」

斥候セイナが急《せ》かす。

彼女達は「神授のお守り」で簡単な合図を送り合えるようだ。

「もう少しです」

オレはマップをチラ見してからそう答えた。

もうそれほど離れていない。

——GZYGABBBBBO。

反射光鱗を纏《まと》った魔王が咆哮《ほうこう》する。

『ぎゃお～？』

『魔王がなんと言っているか分かりますかと問います』

『タマは分かんない～？』

『ポチにもよく分からないのです』

仲間達の会話を聞きつつ進む。

前に「戦わずに魔王と和解できるかも」なんて思っていたけど、魔王化が進行しすぎて会話不能になってしまったようだ。

「サトゥー、誰《だれ》かいる」

「『自由の光』の構成員でしょう。少し待って、あの通路を行きます」

他の通路だと遠回りになりすぎるので、岩陰で構成員が通り過ぎるのを待つ。

そうしているうちに、向こうでは生き残っていた三体の砂塵兵も始末され、残るは魔王一体だけになった。

『ルドルー！　おのれ魔王！』

サムライの一人が爪《つめ》の一薙《ひとな》ぎで退場し、魔王に掴《つか》まれた神殿騎士が黒い蒸気をあげてミイラのように干からびている。

魔王は以前見た時よりも遥《はる》かに強くなっている。レベルだけではない。それ以外も厄介になっているようだ。

意外に聖剣使いと黒騎士が活躍しているが、有効打を与えているのは従者に援護された勇者ハヤトだけらしい。

リザが魔王の腕に槍《やり》を突き立てた。

動きを止めた彼女を狙《ねら》って、魔王の反射光鱗が降り注ぐ。

『リザさん！』

『リザは私が守ると宣言します！』

ナナが閉鎖展開したフォートレスを纏《まと》わせた大盾で、反射光鱗からリザを守る。

『あびないよ～？』

『タマありがとなのです！』

ポチを吹き飛ばそうとした魔王の尻尾《しっぽ》を、タマの使い捨て防御盾ファランクスが逸《そ》らした。

手に汗握りながら、心の中で仲間達を応援する。

そんな仲間達を纏めて葬ろうと、魔王が砂のブレスを吐いた。

『……■　積層鋼壁《パイルアップ・ウォール》』

賢者の作り出した壁は砂のブレスを数秒防いだだけで消し飛んだが、その数秒の間に仲間達は安全圏に離脱していた。意外に良い仕事をしてくれる。彼がもうちょっと遅かったら、なりふり構わずユニット配置で仲間達を手元に引き寄せていたかもしれない。

賢者はサポートに徹しているようで、阻害魔法やさっきの防御魔法で陣営を問わず支援していた。

ただ、無言でサポートするせいで、一見邪魔をしているように見える場合もあり、黒騎士に罵声《ばせい》を浴びせられている。


「ここ？　広々してるー」

魔王戦を見守っている間に、目的の場所に到着した。

東京ドーム十数個分くらいの広さがある。これだけ広ければ開幕に禁呪を叩き込めそうだ。

大空洞の地面や天井は鍾乳洞《しょうにゅうどう》のような起伏に富み、遮蔽《しゃへい》物には困らない感じだったので、後衛が陣取るのに良さそうな場所を幾つかピックアップしておく。

地面には何箇所か砂溜《だ》まりがあり、砂の表面では毒虫がうぞうぞと蠢《うごめ》いている。

「あれが祭壇？」

セイナが指さす方を見る。

中央の一段低い窪地《くぼち》のような場所に祭壇はあった。

祭壇には邪悪そうな像が建てられ、それを囲むように剥《む》き出しの柱が不規則に何本も立っている。

暗くてよく見えないが、僅《わず》かな明かりに照らされる柱は、苦悶《くもん》の表情をした顔がレリーフされた悪趣味なモノだ。長く見ていると夜中に悪夢を見そうだね。

「ええ、そのようです」

マップに付けた印はあそこを指している。

そこでは「自由の光」の構成員達が読経のような声をあげながら、何やら儀式のような事をしており、柱の外側には魔族が憑依《ひょうい》した三二体の砂塵兵が待機していた。

砂塵兵の多くはレベル三〇台だが、レベル五〇が二体とレベル六〇が二体いる。レベル五〇の一体は仲間達の獲物として残しておくとして、それ以外の三体は開幕の魔法攻撃に紛れて始末してしまおう。不確定要素は排除しておくに限る。

そんな事を考えつつ、仲間達や勇者ハヤトの戦いを空間魔法で見守る。

後は勇者が魔王を追い込み、逃亡した魔王を追ってここに到着するまで待機だ。

「本当に魔王は来ると思う？」

「来ますよ」

仲間達が心配なので、斥候セイナの問いに生返事をしてしまった。

向こうでは従者達のコンボ攻撃に続いて聖剣使いと黒騎士の必殺技が決まり、ユニークスキルや聖句で強化された勇者ハヤトの必殺技が、反射光鱗を切らした魔王へと叩き込まれる。

――GZYGABBBBO。

片腕を切り落とされた魔王が絶叫をあげ、勇者の前から消えた。

「――本当に来た」

向こうで消えたのと同時に、祭壇の場所に魔王が現れる。

ＡＲ表示される魔王の体力ゲージは、残り六割ほどだ。

「ええ、次はセイナさんの番です」

「分かってる」

斥候セイナが懐からタリスマンを取り出す。

そのタリスマンが淡く明滅した。

「向こうの準備ができたみたい――やるよ、サトゥー」

緊張した様子の斥候セイナに頷《うなず》いてみせる。

「偉大なるパリオン様！　ボクの願いと命数を糧に、勇者召喚を叶《かな》えて」

斥候セイナは目を閉じ、そう祈りながらタリスマンを胸に抱く。

「ボクは従者！　勇者ハヤトの従者セイナ！」

彼女の祈りに応《こた》えて、胸元で「神授のお守り」が閃光《せんこう》のような青い輝きを放つ。

祭壇の方から魔族砂塵兵達やシミターを抜いた「自由の光」の構成員達がこっちに向かってくる。

「やっぱ、見つかるよねー」

軽口を叩く斥候セイナだが、勇者召喚の実行はかなりの負担があるらしく、もの凄《すご》い脂汗を掻《か》いている。

「なかなか綺麗《きれい》でしたよ」

タリスマンから溢《あふ》れる光が。

「そんなに褒められると照れちゃうなー。でもボクの心と命はハヤトのモノだから」

儀式をしていた構成員達と転移したばかりの魔王は祭壇周辺に蹲《うずくま》ったまま動く様子はない。

だが、周囲に待機していた砂塵兵達とシミター持ちの構成員は怒濤《どとう》の勢いで襲ってきた。

「ちょっとヤバいかなー」

斥候セイナが自動で矢が補充される連射クロスボウで、先陣を切る高速タイプの砂塵兵を迎撃する。疲れているせいか狙いが甘い。

オレも弓で飛行型の翼の付け根や高速型の膝関節《ひざかんせつ》を狙い撃ちしていく。

歩幅の広い大型砂塵兵も、ほんの一〇秒ほどでオレ達の目と鼻の先まで迫ってきた。

「ボクはハヤトが来るまで死ぬわけには行かないんだ」

「セイナさんは死にませんよ」

なぜならば——。


ピンチに現れるのが勇者だからだ。

勇者ハヤト

〝俺様は幼き女神パリオンの使命を果たす為《ため》に世界を旅した。ようやく見つけた魔王には何度も逃げられたが、ついに追い詰めた。後は力を合わせて斃《たお》すだけだ。　――勇者ハヤト・マサキ〟


「俺様、見参！」

波打つようなエフェクトを越え、次元の狭間《はざま》から次元潜行船ジュールベルヌが元の世界へと戻る。

――いた。

薄暗い空間の向こう。

紫色の光に照らされた魔王がいる。

サトゥーの話やセイナからの通信を信じていなかったわけじゃないが、こうして自分の目で見るとついに追い詰めた実感が湧きあがってくる。

視界の端にセイナとサトゥーがいた。

「待たせたな！」

砂塵兵や曲刀を煌《きら》めかせた怪しい装束の奴《やつ》らが、二人に向かって殺到している。

「主砲斉射！」

俺様が伝声管風の通信機に向かって叫ぶと、発射準備を整えていたジュールベルヌの主砲が熱線で砂塵《さじん》兵の群れを薙ぎ倒す。

サトゥーとセイナの二人がそれに合わせるように、後方へと距離を取った。

――分かってるじゃないか。


「リーン、今だ！」

「――雷迅滅葬《ヘル・サンダー》！」

俺様の合図で、発動を待機していたメリー達の同期魔法が放たれる。

大空洞の天井と地面の間に細い稲光が幾つも生まれ、魔王や砂塵兵達に絡みつく。意外に地味な予兆の後、轟音《ごうおん》と閃光が大空洞を満たし、強烈なオゾン臭を伴った土煙が奔流となって流れてきた。

何度見ても凄《すさ》まじい威力だ。

土煙の奔流は地上のセイナ達を吹き飛ばし、空に浮かぶジュールベルヌさえ押し流す。

ちょっと心配だが、セイナやサトゥーなら上手《うま》く凌《しの》いでいるはずだ。

「デカイのが七体くらい生き残ってるぜ」

「魔族が憑依した大型じゃね？　あいつらしぶといから」

砂煙の向こうに見える影を数える。

気のせいか、特別強そうな二体がいない。魔王に擬態するようなレベル六〇級の砂塵兵に見えたが、見かけ倒しの張りぼてだったらしい。

「さすごしゅさすごしゅ。――ミーア！」

「海竜白閃《リヴァイアサン・ブレス》！」

ハニーの声をかき消すように、エルフの嬢ちゃんが保留していた魔法を発動する。

莫大《ばくだい》な魔力が魔法へと変換され、レーザーのような超高圧の渦巻く水流が、大型砂塵兵の頭部を吹き飛ばし、そのまま魔王へと突き刺さった。

上級魔法とは思えない威力だから、きっとエルフ秘伝の禁呪《きんじゅ》の類《たぐ》いだろう。

禁呪に分類されるに相応《ふさわ》しい凄まじい魔法だったが、魔王へのダメージは少ない。魔王は重ねた反射光鱗《こうりん》で禁呪の軌道を逸らしたのだ。

逸らされた水流が天井を砕いて散り、鍾乳石《しょうにゅうせき》や岩石が土砂とともに降り注ぐ。

「煉獄の白焔《ホワイト・インフエルノ》！」

間髪を容《い》れずにハニーの禁呪が続く。

火炎系上級攻撃魔法の「火炎地獄《インフエルノ》」の炎色を白に変えたような灼熱《しゃくねつ》の奔流が、大型砂塵兵達や魔王を飲み込む。

収束密度はエルフの嬢ちゃんの禁呪に劣るようだが、効果範囲の広さと浸透性は「煉獄の白焔《ホワイト・インフエルノ》」の方が上だろう。

反射光鱗を回り込んだ青い炎が魔王の身体《からだ》を焼き、熱蒸気の奔流が爆発的な速度で俺様達に迫る。

俺様は聖盾を構えたが、それより先にジュールベルヌを守る力場が熱蒸気を防いだ。

たぶん、エルフの嬢ちゃんが放った禁呪の残した水が急激な加熱で水蒸気爆発を起こしたのだろう。

「残りは魔王と大型一体だけみたいだぜ」

どちらも大ダメージを受けて、すぐに動けないようだ。

「チビちゃん達、なかなかやるじゃん」

「まったく、末恐ろしいぜ」

メリー達三人がタリスマンを使って同期使用した禁呪には届かないが、二人合わせればそれに匹敵する威力があったと思う。

ハニー達は魔力切れでダウンしている。

まあ、メリー達もしばらくは魔法薬とスキルで魔力回復に努める事になるだろう。

ここからは俺様達のターンだ。

「勇者様、敵は青息吐息ですぞ！」

ジュールベルヌが着地すると同時に、黒騎士リュッケンが飛び出した。

「我こそはパリオン神国が一の使い手、聖剣ブルトガングに認められし神殿騎士メーザルトなり！」

聖剣の青い輝きを曳《ひ》きながら神殿騎士メーザルトが追いかける。

功に逸《はや》った二人は止める暇もなく作戦を無視して突撃した。

「あのバカ共が――」

賢者殿が不快そうに吐き捨てる。

セイナとサトゥーが砂の中から這《は》い出てこちらに駆けてくる。

「幸い、敵は魔王と大型砂塵兵が一体だけだ。大型砂塵兵はサトゥー達に任せたい。ルドルーとカウンドーの二人は作戦通りサトゥー達の援護だ。賢者殿も援護を頼む」

皆が頷くのを確認して、俺様は飛翔靴《フライング・ブーツ》で飛び立った。

背後でルスとフィフィが飛び出す声が聞こえた。軽く振り返ると、ウィーとセイナもそれに続いている。

その背後で、ジュールベルヌが次元の隙間《すきま》へと船体を沈めていた。

サトゥー達はルドルー達や賢者殿とともに大型砂塵兵を釣り出して、俺様達が戦いやすいように魔王から離れた場所に引っ張っていったようだ。

賢者殿もいるし、サトゥー達ならきっとやり遂げてくれるだろう。

——GZYGABBBBBO。

魔王が咆哮《ほうこう》をあげ、先発したリュッケンとメーザルト殿を軽々とあしらっている。

まるで歯が立たない二人だが、決して弱いわけじゃない。試作型の黒騎士装備を与えられたリュッケンは精強で知られるサガ帝国でも有数の騎士だし、法皇から聖剣を託されたメーザルト殿はパリオン神国一の神殿騎士だ。

その二人がまるで羽虫のように蹴散《けち》らされている。

——さすがは魔王、相手に不足はないぜ。

「剛力招来。《歌え》アロンダイト！　《奏でろ》トゥーナス！」

筋力増強系の身体強化スキルを使い、聖剣と聖鎧の聖句を唱えた。

聖鎧の胸から青く清浄な魔力が溢れて、俺様を通して聖剣へと流れ込む。

全能感にも似た力強さに酔いしれそうになる心を制し、パリオン神から授かったユニークスキルを使う。

「我が聖剣に『最強の矛《つらぬけぬものなし》』、我が盾を『無敵の盾《つらぬけるものなし》』」

青い燐光《りんこう》が俺様の身体を二度流れる。

魔王は目前だ。リュッケン達が作った魔王の隙を突く為に、瞬動で魔王の懐に飛び込む。

「閃光螺旋突き《シャイニング・ストラッシュ》！」

魔王の心臓を狙《ねら》って放つ。

青い火花を撒《ま》き散らしながら幾枚もの障壁を貫き、聖剣の切っ先が魔王の心臓へと迫る。

——ＧＺＹＧＡＢＢＢＢＯ。

刃の前に黒紫金の光が集う。

魔王の作り出した「反射光鱗」だ。

俺様は全身のバネを振り絞り、魔王の守りである反射光鱗を貫かんとさらに踏み込む。

硬く深い。「最強の矛《つらぬけぬものなし》」を帯びた聖剣はユニークスキルの名の通り貫いてみせるが、その貫通に至るまでの抵抗が大きいのだ。

しかも魔王はその反射光鱗を、聖剣の前に幾枚も作り出してみせた。

やがて、俺様の勢いも止まる。

——ＧＺＹＧＡＢＢＢＢＯ。

魔王は聖剣が刺さった反射光鱗ごと身体を振り、俺様の体勢を崩す。

盾を持つ反対側から、蛇腹剣のような魔王の尻尾《しっぽ》が迫る。

魔王の凶相が愉悦に歪《ゆが》む。勝利を確信したのだろうが——甘い。

お前が相手をしているのが、誰《だれ》か教えてやる。

俺様は飛翔靴で宙を蹴《け》り、上下逆転する事で聖剣を手放す事なく、聖盾で蛇腹剣を受け止めた。

青色と暗紫色の光がせめぎ合うが、「無敵の盾《つらぬけるものなし》」の力を帯びた聖盾を貫く事などできようはずもない。

必殺の威力を篭《こ》めた蛇腹尻尾のお陰で、聖剣にがっちり食いついていた反射光鱗が抜けた。

魔王が追撃の毒爪《どくそう》攻撃を仕掛けてくる。

いいのか？　俺様だけにかまけて——。

「うらああ——双刃乱舞《ツインブレイド・ダンス》！」

「死んどけ！　獣王斬門《ブラッドリー・バスター》！」

魔王の死角から、大剣二刀流のルススが豪快な乱舞で魔王の障壁を砕き、巨大な長柄斧《おの》を振り回したフィフィが、必殺技の重い一撃で魔王の瘴気鎧《しょうきよろい》を叩《たた》き砕く。

——ＧＺＹＧＡＢＢＢＢＯ。

思わぬ攻撃で焦った魔王が反射光鱗を振り回すものの、ルススとフィフィは既に安全圏に引いている。

「ぬおおおお！」

「天罰を受けよ！」

リュッケンは魔剣の赤い光を曳き、メーザルト殿の聖剣ブルトガングは目映《まばゆ》いほどの青い光を迸《ほとばし》らせながら魔王へと迫る。

――GZYGABBBBO。

まずい。

魔王は二人の攻撃を読んでいた。

「来るぞ！」

俺様の警告が終わらぬうちに、カウンターの反射光鱗が二人を襲う。

「ぬうううん！」

「ちぃいいいい！」

二人は超速で反応したが、反射光鱗の洗礼を受けて少なからぬダメージを負った。

リュッケンの装備する黒鋼製の鎧は頑丈で反射光鱗でも一撃では切断されないが、メーザルト殿のミスリル合金製の鎧は黒鋼のそれより脆《もろ》く、反射光鱗によって盾と片腕を失ってしまったようだ。

「ロレイヤ、ウィー、頼む！」

ウィーがメーザルト殿の腕を回収し、ロレイヤの神聖魔法がメーザルト殿の腕を再結合する。

リュッケンは打撲だけで済んだようだ。

「鱗《うろこ》め！」

「戦いにくっ」

ルスとフィフィが反射光鱗を必死で躱《かわ》す。

やはり反射光鱗が厄介だ。防御力もさる事ながら、鎧ごと切断する攻撃力が、軽装で接近戦をするルスとフィフィには辛《つら》いようだ。

「ぬおおお！」

意外にリュッケンが役に立ってくれている。

負傷しつつも前線でサブ盾として行動してくれるお陰で、少しだが俺様にも魔王の体力を削る余裕ができた。

戦線に復帰したメーザルト殿も大技を控えて、地道に聖剣でダメージを重ねてくれている。

メリーやリーンの魔力が回復するまで耐えれば、勝機も見えてくるはずだ。

「ルススぅー！」

回避に失敗したルススが、砂煙をあげて地面を転がっていく。

「ぬおあああああああ」

今度はリュッケンが攻撃を受け流し損ねて、盾ごと吹き飛ばされてしまった。

やはりレベル差がネックか——。

俺様にとっては耐えられる攻撃も、ルスス達やリュッケン達には致命的な一撃になりかねない。

魔王はレベル七二もある。レベル六九の俺様はともかく、仲間達はリーンのレベル五八を筆頭にレベル五〇台中盤が多い。リュッケンとメーザルト殿はいずれもレベル五一だ。

——とはいえ、レベルは目安でしかない。

俺様達を翻弄《ほんろう》した黄色い上級魔族はレベル七一だったが、この魔王よりも遥《はる》かに厄介な相手だった。百戦錬磨の経験と縦横無尽の魔法による搦《から》め手は単純な力押しよりも危険だ。

だが、だからと言って、この魔王が弱いわけじゃない。

味方が少しでも有利に戦えるように、何か弱点はないかと戦いながら魔王のステータスをチェックする。

そういえば魔王の状態が「穢《けが》れ」になっている。魔神に呪《のろ》われた時の俺様と同じ状態だ。

自爆して魔神に呪われやがったのか？

それとも魔王化が進んだのか――。

「ぐあああああああ」

魔族砂塵《さじん》兵の方から飛ばされてきた賢者殿が、凄《すご》い勢いで魔王の頭部に激突した。

「何やってやがるんだ？」

「おっ、やるじゃん」

賢者殿が影魔法で魔王に目隠しをした。

――アイテムボックス？

魔王の頭に取り付いた賢者殿が、アイテムボックスから何かを取り出したのが見えた。

賢者殿が魔王から飛び退《の》くのと同時に、魔王の頭部で大きな爆発が起きる。

――GZYGABBBBBO。

魔王が苦しそうな咆哮をあげる。

「爆発、だと？」

「爆弾でもしかけたのか？」

威力はイマイチだったみたいだが、そのお陰で魔王に大きな隙ができた。

リュッケンとメーザルト殿がその隙を突いて一気呵成《いっきかせい》に攻勢に出た。

「ぬおおおおおおお！　黒薔薇乱舞《ブラックローズ・ハリケーン》！」

リュッケンが魔剣から漆黒の薔薇《ばら》の花びらが散るエフェクトを出しながら、怒濤《どとう》の連続攻撃を魔王に叩き込むのが見えた。なかなか豪快だ。

「《誉れ》とともに——天威滅閃《アーク・ブレイザー》！」

聖句で強化されたメーザルト殿の聖剣ブルトガングが、目映いほどの青い光を曳いて魔王の胴を薙《な》ぐ。

表面を抉《えぐ》った一閃《いっせん》に遅れて、傷口から砂色の血が噴き出した。

「やるじゃん——双刃乱舞《ツインブレイド・ダンス》！」

「オラオラ、死んどけぇ！　——獣王斬門《ブラッドリー・バスター》！」

ルススとフィフィの連係技が、魔王の顎《あご》をかち上げて体勢を崩した。

「シガ王国制式剣術、奥義——桜花一閃《おうかいっせん》！」

瞬動で後方から上がってきたリーンが、桜の花びらが散るようなエフェクトとともに空歩で空を駆け、魔王の無防備な喉《のど》に必殺の一撃を叩き込んだ。

「浅い——」

リーンが悔しそうに呟《つぶや》く。

魔王の喉は三分の一ほどしか斬《き》れていない。

「――絶命刺突《アサシン・バックスタブ》！」

背後から忍び寄ったセイナの一撃が魔王の頸椎《けいつい》を突く。

仲間達の連続攻撃で障壁を失っていた魔王の首に直撃したが、攻撃力の低い小剣による突きでは魔王に大きなダメージは与えられなかったようだ。

振り払う魔王の動きに合わせて、セイナが離脱する。

「≪歌え≫アロンダイト！　≪奏でろ≫トゥーナス！」

俺様は効果の切れていた聖句を再発動する。

青い光が俺様の身体《からだ》を包み、聖鎧の胸から清浄な魔力が溢《あふ》れて聖剣へと流れ込む。

「縛れ――鎖矢陣結界《チェインアロー・サークル》！」

動き出そうとした魔王が、ウィーの放った矢が作る結界に縛り付けられる。

「さすが、ウィー。良《い》い仕事をするぜ」

次は俺様の番だ。

「――閃光延烈斬《シャイニング・ブレード》」

俺様はドンッと土煙をあげて踏み込み、聖剣を後ろに大きく引いた姿勢から一気に必殺技を放った。聖剣の軌跡が青い弧を描き、その残滓《ざんし》が弧状の光線のように散る。

魔王の首が切断され、首をなくした巨体が地面へと落ちた。

「やったか?!」

それを見たリュッケンが叫ぶ。

「まだ生きているみたいだ」

俺様の鑑定《アナライズ》スキルが教えてくれる。

「影の牢獄《シャドウ・ジェイル》」

「理力縛鎖《マナ・チェイン・ホールド》」

魔王の身体を賢者殿とメリーの魔法が縛った。

魔王に歩み寄り、聖剣を上段に構えて魔王の首を見下ろす。

「これで終わ――」

「ハヤト！」

死角から飛んできた何かを反射的に聖剣で真っ二つにしたのと、リーンの警告は同時だった。

「――藁束《わらたば》？　いや、これは人形か？」

自分が斬り捨てたモノの正体を訝《いぶか》しげに見る。

――GZIMGYBBBBO。

魔王の首が絶叫をあげる。

その血走った瞳《ひとみ》は一心不乱に、真っ二つになった人形を見つめていた。

間違いない。あれは魔王が大聖堂に乗り込んでまで取り戻そうとした人形だ。

なぜ、これが？　いや、どこから飛んできた？

犯人は岩陰にいた。子犬ほどの大きさの小魔族《インプ》だ。キシャキシャと耳障りな声で嗤《わら》っている。

「――ハヤト！」

直感スキルを持つルススが叫ぶ。

ルススが見つめる先、魔王の近くにある砂が微《かす》かに蠢《うごめ》いているように見える。

「魔王の周りから離れろ！」

俺様はそう叫ぶやいなや、ユニークスキル「無敵の盾《つらぬけるものなし》」を重ね掛けした。

反応できたのはルススとフィフィの二人だけ。戸惑うリュッケンやメーザルト殿が退避する間もなく、紫電を帯びた激しい砂嵐《すなあらし》が俺様達を飲み込んだ。

ユニークスキルで強化された聖なる防具を身に纏《まと》っていても、身体をすり潰《つぶ》されるように感じる強烈な砂嵐が俺様の身体を襲う。

永遠にも思える責め苦にも終わりが来る。

勢いを失い始めた砂嵐の中、盾の陰から視線を巡らせて仲間達の様子を確認する。

後方のロレイヤとメリーは無事。非常用に用意していた大盾と事前に使ってあった神聖魔法で砂嵐に耐えたらしい。

回避行動が間に合ったルススとフィフィは満身創痍《まんしんそうい》ながらも、ロレイヤの近くに撤収できたようだ。ウィーは「神授の護符」を防御に使ったらしい。生き延びていてくれたのは嬉《うれ》しいが、その代償は大きく、過労状態になっている。

次にハニー達――。

大盾使いのナナは半ばまで砂に埋もれていたが、その背後に守られていたハニー達は全員無事だ。

さすがは「傷知らず」のペンドラゴンだけはある。

ハニー達が戦っていた魔族砂塵兵は壁際まで流されていたものの、物理耐性がある為《ため》かまだ生き残っていやがる。

その他《ほか》のメンバーは――。

賢者殿の姿は見えないが、彼が死ぬとも思えない。おそらく影魔法で影の中に退避しているのだろう。

ルドルーとカゥンドーの二人は、肋骨《ろっこつ》や腕を骨折していたが、一応無事だ。

リュッケンは辛うじて生存。メーザルト殿は瀕死《ひんし》ながらもハニー達の方に流されているのを見つけたが、手足が変な方に曲がっている。リュッケンとメーザルト殿は放置すると危なそうだが、遠く離れた場所にいる二人の下へロレイヤを派遣する余裕はない。

幸い、サトゥー達が救援に向かってくれている。今は彼らを信じよう。


それよりも魔王だ。

俺様が切断した首が本体にくっついているうえに、体力や魔力が全回復している。

しかも、振り出しに戻ったわけではない。状況はもっと悪い。姿が二回りほど大きくなっているうえに、腕が四本に増えて、蝙蝠《こうもり》のような翼が追加されている。

それはまだいい。再生した魔王が凶悪な姿になるのはゲームでもおなじみだ。

問題はレベルだ。レベル七二だったはずなのに、今確認したらレベル八二に上がっていた。これだと仲間達はおろか、俺様でも辛いかもしれない。

——GZIMGYBBBBO。

魔王の身体を黒と見まがう暗紫色の光が流れ、十数枚の反射光鱗《こうりん》が生まれた。

そろそろ次のラウンドが始まるようだ。

◆

——GZIMGYBBBBO。

魔王が咆哮《ほうこう》をあげ、砂嵐の第二弾、第三弾を無差別に撒《ま》き散らしている。

第二ラウンドの戦いが始まったのもつかの間、砂嵐を連発する魔王に抗《あらが》う事もできずに、俺様達は物陰に身を潜めて再起を図っていた。

サトゥー達はルドルー達を連れて通路に退避している。魔族砂塵兵が後を追ったようだが、サトゥー達ならきっと始末してくれるに違いない。

俺様は一緒に避難している仲間達の顔を順番に見る。

「ここからの前衛は俺様一人でやる。ルススとフィフィはメリー達の護衛だ」

「あたしらはついてくぜ」

「ああ、命なんて惜しくない。ハヤトが魔王に一撃を入れる隙《すき》を作ってみせる」

「……ルスス、フィフィ」

軽い口調を作る二人の手に、俺様の手を重ねる。

「メリー、俺様達が魔王の守りを全《すべ》て砕いたら、補充される前に全力の禁呪《きんじゅ》を叩《たた》き込め」

「分かりました」

「……ハヤト」

メリーとリーンが悲痛な顔で俯《うつむ》いた。

口には出さなかったが「俺様もろとも禁呪の的にしろ」という言葉は、メリー達にも伝わったようだ。

「ウィーとセイナは遠距離からの狙撃《そげき》と、ルススやフィフィがやられた時の回収を頼む」

「うわっ、あたしらやられるのが前提かよ」

「そりゃないぜ、ハヤト」

おどける二人に合わせて「悪い悪い」と軽い感じに答えて、重苦しい雰囲気を払拭《ふっしょく》する。

上手《うま》く演じられたかは自信がない。

「だが、絶対に死ぬな。死ななければロレイヤが癒《い》やしてくれる」

俺様は「無限収納《インベントリ》」から取り出した魔法薬を仲間達に配る。

「最初から全力でいく。加速薬が切れる前に魔王を倒すぞ」

「「応！」」

加速薬は使用後の反動が大きいから、できれば使いたくなかった。

魔窟《まくつ》の調査中に一度も使っていなかったし、今までの魔王戦でも使わなかった切り札の一つだ。

重ねられるだけの支援魔法《バフ》で強化してから、聖句とユニークスキルを使い俺様達は物陰から飛び出した。

「――閃光延烈斬《シャイニング・ブレード》」

俺様に殺到した反射光鱗を必殺技で蹴散《けち》らし、魔王に向かって駆け出す。

――GZIMGYBBBBO。

残りの反射光鱗がランダム軌道で襲ってくる。

それを聖剣と聖盾で防ぎつつ、道を切り開いた。

俺様の右側で血飛沫《ちしぶき》があがる。

「ルスス！　よくもルススを！」

悲痛な声でフィフィが叫ぶ。

ルススが胴体で上下真っ二つにされた。

彼女の下に駆け寄りたい心を意志の力でねじ伏せ、俺様は瞬動で魔王の懐に飛び込む。

「閃光螺旋突《シャイニング・ストラッシュ》き！」

青い輝きが渦巻き、暗紫色の光を散らしながら魔王の障壁を砕く。

さっきまでは一撃で貫けた障壁が、今度は止められてしまった。

これがレベル差ってやつか……。

だが、この程度で折れる気はない。

一度でダメなら、何度でも繰り返してやる。

「ルススの仇《かたき》ぃいいいい！」

——まずい。

逆上したフィフィが魔王に向かって必殺技を放った。

黒紫金の光が閃《ひらめ》き、フィフィの身体を通り抜ける。

「——フィフィ！」

血飛沫をあげ、袈《け》裟《さ》懸《が》けに斬られたフィフィが崩れ落ちる。

まだだ。まだ死んでいない。

俺様は瞬動で魔王とフィフィの間に割り込み、魔王の追撃からフィフィを守る。

支援魔法の効果を失いながらも七枚までの反射光鱗は防げたが、俺様にできたのはそこまでだった。

八枚目の反射光鱗がユニークスキルの力が切れつつある聖鎧の脇腹《わきばら》を抉《えぐ》り、九枚目の反射光鱗が兜《かぶと》を真っ二つに砕いた。

額から流れた血が片方の目に入って、視界を半分だけ赤く染める。

一〇枚目の反射光鱗は、ウィーの矢とリーンの爆裂魔法が防いでくれた。

一一枚目の反射光鱗は、意地で振り上げた聖剣で撃墜できたが、それが最後の足掻《あが》きだった。

一二枚目と一三枚目の反射光鱗が逃れようのないタイミングで俺様に襲いかかってくる。

二つを回避するのは無理だ。

ならば、回避は捨てて一撃なりとも魔王に喰《く》らわせてやる。

「うぉおおおおおおおお！」

必殺技を放つ直前、魔王の眼前に新しい反射光鱗が生まれた。
聖剣が反射光鱗に刺さって止まる。
くそっ、ここまでか。
最後の一手は防がれた。
メリーに魔法攻撃を強行させても、分厚い防御障壁に防がれて終わる。
いや、こんな所で終わって堪《たま》るかっ。
絶望を打ち破る起死回生の何かを求めて、周囲に視線を走らせた。
——止まっている？
俺様の首を刈ろうと左右から迫る反射光鱗が動きを止めていた。
「空間魔法の『隔絶壁《デラシネーター》』と『次元杭《デイメンジョン・パイル》』あたりか？」
——勇者様。守りはわたしに任せて。
どこからかハニーの声が聞こえる。
——今、最強の援軍をそっちに送ったわ。
青い輝きが反射光鱗を打ち砕く。
キラキラと散る反射光鱗の欠片《かけら》の中にそいつはいた。
「サトゥーか——」
「お待たせしました、ハヤト様」

ハニーが送ってくれた援軍は、青く輝く剣を手に縦横無尽に襲いかかる反射光鱗を次々に受け流し、反射光鱗同士をぶつけ合う事で破壊までしてみせた。

「――その剣は」

サトゥーの手には見覚えのある聖剣があった。

メーザルト殿が使っていた聖剣ブルトガングだ。

「ちょっとお借りしました」

儀式を経て使用許可を得た聖剣使いでもないサトゥーが、神授の聖剣を使えるはずがない。

だが、サトゥーは聖剣に拒絶される事なく平然とそれを手にしていた。

「ルススさんとフィフィさんは下級エリクサーで治療してウィーヤリィさん達に任せてきました」

「二人は無事なのか！」

俺様の問いにサトゥーが首肯する。

まさか、俺様だけじゃなく、仲間達も救ってくれていたとは。ハニーの言う通り、まさに最強の援軍だ。

「魔王に効くか分かりませんが――」

サトゥーが腰のポーチからハンドベルを取り出す。

俺様の鑑定スキルが、そのハンドベルの正体が「魔封じの鈴」という名の魔法道具《マジック・アイテム》だと教えてくれる。

サトゥーがハンドベルを振ると、リーンと涼やかな音が響いた。

魔王の攻撃力と防御力が大幅に下がったのを鑑定スキルが教えてくれる。

なるほど、「魔封じ」の鈴だ。

――ＧＺＩＭＧＹＢＢＢＢＯ。

激怒する魔王の咆哮にも揺らぐ事なく、サトゥーは魔王と対峙《たいじ》する。

「≪誉れ≫とともに――」

――おいおい。

「勇者にしか使えない聖剣を使い、その上、聖句まで使いこなすかよ」

思わず緩む口元を引き締め、頼りになる友の横に並ぶ。

三つ目のユニークスキル「無限再生《はてなきいやし》」で傷を癒やし、反射光鱗を受け流すのではなく破壊し始めたサトゥーに並んで、半分を受け持つ。

「パリオン神の思《おぼ》し召しかもしれませんね」

「そいつは心強い。俺様の背中は任せたぜ」

「はい、お任せください」

死角から襲う反射光鱗をサトゥーに任せ、俺様は魔王本体へと挑み掛かる。

驚いた事に、加速薬による超高速で戦う俺様の背後に、サトゥーは遅れる事なく追従してサポートしてくれた。

――ＧＺＩＭＧＹＢＢＢＢＯ。

魔王が叫ぶと、背中を突き破って虫の足みたいな手が左右四本ずつ生えて襲ってきた。魔王の腕の四倍くらい長く、節が三つもあって動きが読みづらい。

手の先端は反射光鱗と同種の爪《つめ》があり、途中で切断してもすぐに新しいのが生えてきやがる。

新たなピンチのはずだが、そんな事が気にならないくらいスムーズに戦えていた。

サトゥーだ。

俺様が戦いやすいように、サトゥーがフォローに入ってくれる。

「うそっ、レベル四五しかないサトゥーがどうしてあんなに戦えるの？」

「聖剣のお陰――なんて事はないよね？」

「そりゃそうでしょ。持ち主のメーザルトも鱗《うろこ》を破壊できずにいたじゃん」

魔王に牽制《けんせい》攻撃しながら会話するセイナとウィーの声が聞こえてくる。

――ＧＺＩＭＧＹＢＢＢＢＯ。

魔王が動きを止め、腕を引っ込める。

何かをする気だ。

「ハヤト様！」

「サトゥー、俺様の傍《そば》に来い！」

ユニークスキルを発動しサトゥーを盾と自分の間に招く。

次の瞬間、魔王の周囲の砂が巻きあがり、紫電を纏《まと》った砂嵐《すなあらし》が再び巻き起こった。今回の砂嵐は闇《やみ》より濃い禍々《まがまが》しい漆黒だ。

思ったほどの威力はない。

まるで何者かが俺様に届かないように砂嵐に干渉しているかのようだ。

それでも小さくないダメージを負ったが、「無限再生《はてなきいやし》」が傷を負う端から癒やしてくれる。

そして、無限に続くかと思われた砂嵐も、やがて終わる。

「なんとか生き延びたな……凄《すご》い威力だったぜ」

砂嵐を終えた魔王は背中から生えた手を、自身を囲むように地面に刺していて、檻《おり》に閉じ込められているようにも見える。

「ええ、死ぬかと思いました」

「無事だったか、サトゥー」

俺様の盾と身体《からだ》で守っていたとはいえ、「無限再生《はてなきいやし》」もないサトゥーがどうして無傷なんだ？

「どうかされましたか？」

「いや、何でもない。メリー！　魔王が動き出す前に止《とど》めを刺すぞ！」

今こそ絶好の好機だ。

だが、メリー達の反応がない。

地に伏した仲間達の身体から黒い湯気のようなモノが出ている。

「メリー、リーン、ロレイヤ！」

それがかつて俺様を蝕《むしば》んでいた「魔神の呪い」だと、神授の鑑定スキルが教えてくれた。

――ＧＺＩＭＧＹＢＢＢＯ。

硬直時間を終えた魔王が動き出す。

「サトゥー、悪いな。貧乏くじを引かせちまった」

後衛の援護もなく、たった二人で魔王と戦う事になっちまった。

「いいえ、ハヤト様」

サトゥーの持つ聖剣ブルトガングが青い光を帯びる。

「貧乏くじなんかじゃありません。それに諦《あきら》めるなんてハヤト様らしくありませんよ」

「俺様らしくない、か」

どうやら、少し気弱になっていたようだ。

「そうだったな。忘れるところだった――」

俺様はユニークスキルを再起動する。

「――俺様は勇者。幼女神パリオンの勇者ハヤトだ！」

瞬動で魔王の懐に飛び込み、必殺技のモーションに入る。

反射光鱗《こうりん》がない今こそ最後のチャンスだ。

――ＧＺＩＭＧＹＢＢＢＢＯ。

俺様を倒そうと、魔王の虫手が左右から襲ってきた。

だが、回避に移る気はない。サトゥーなら、きっと俺様の援護をしてくれると信じているからだ。

「閃光延烈斬《シャイニング・ブレード》！」

さっきよりも抵抗が少ない。

一撃目の必殺技が障壁を打ち砕く。

俺様の視界に、片側の虫手を「桜花一閃《おうかいっせん》」で斬《き》り払ったサトゥーが、二発目の「桜花一閃」でもう片側の虫手を斬りに行くのが見えた。

リーンが得意とする「桜花一閃」は発動の速い必殺技だが、ここまで速いのは異常だ。

俺様も負けじと、二撃目を放つ。

「重ね――閃光延烈斬《シャイニング・ブレード》！」

袈裟懸けに放った一撃が、青い弧を描き魔王を守る漆黒の鎧《よろい》を切断する。

だが、本体へのダメージはわずかだ。

「しまった浅い」

サトゥーの珍しく焦った声が聞こえた。

虫手の一本を斬り損ねたようだ。

「任せて」

ウィーの矢が虫手を弾《はじ》く。

勢いは減じたが、虫手は俺様の肩を貫かんと迫る。

「――守りを！」

リーンの声とともに、虫手の前に分厚い障壁が生まれた。

障壁に阻まれた虫手から視線を外し、俺様は次の一手に移る。

くるりと身を翻し、遠心力を乗せたまま次の必殺技のモーションに入った。

その時に仲間達の姿が見えた。矢を放って力尽きたウィーと彼女を支えるセイナ、そして「神授のお守り《タリスマン》」を掲げたリーンが満足そうな顔で砂に倒れ込んでいる。きっとロレイヤが彼女達を動けるようにしたのだろう。

陰から俺様を支えてくれる仲間達に感謝し、「最強の矛《つらぬけぬもののなし》」を重ねる。

――GZIMGYBBBBO。

魔王の前に黒紫金の光が集まる。

反射光鱗が発生する予兆だ。

「――閃光螺旋突き《シャイニング・ストラッシュ》！」

黒紫金の光が形を成す刹那《せつな》、神速で放たれた青い清浄な光が黒紫金の光を食い破り、ユニークスキルの力が乗った突きを魔王へと届けた。

だが、まだあと少し足りない。

聖鎧トゥーナスの生み出す莫大《ばくだい》な魔力を全《すべ》て聖剣へと流し込む。

魔王が俺様の聖剣を掴《つか》んだ。もう片方の手は俺様を屠《ほふ》らんと振りあげられる。

「雷迅竜槍《ドラゴニック・サンダー》」

メリーの声が微《かす》かに聞こえた。

竜を象《かたど》った雷の槍《やり》が魔王の脳天へと突き刺さる。

空気を焼くオゾンの臭いに遅れて、二つの影が飛び込んできた。

「ハヤト！」

「止めを！」

俺様を粉砕しようとする魔王の腕をルススの大剣とフィフィの長柄斧《おの》が打ち払う。無理をした代償に二人は、そのままもんどり打って地面へと倒れた。

——ＧＺＩＭＧＹＢＢＢＯ。

続いて襲ってきた厄介な蛇腹尻尾《しっぽ》はサトゥーの聖剣が地面へと縫い止める。

まったく頼りになるヤツらだぜ。

「うおおおおおお！　閃光爆星斬《シャイニング・スター・ブレイク》！」

魔王に聖剣を突き立てたまま、俺様は更なる必殺技を放った。

表皮から青い光が溢《あふ》れ、魔王の身体が内側から裂ける。

——ＧＺＩＭＧＹＢＢＢＢＯ。

体力がゼロになって身体の崩壊が始まっても、魔王は倒れない。

新たな反射光鱗が魔王の傍らに生まれる。

反撃なんてさせるかよ。

「滅びろ、魔王ぉおおおおおおおおおお！」

俺様は必殺技を維持したままの剣を捻《ひね》り、魔王の身体から突き出ていた青い光の刃《やいば》が魔王を内側から完全に破壊し尽くした。

勝利の宴《うたげ》

〝サトゥーです。某光の国から来たヒーローのように、使命を果たした後は惜しまれつつ去るのがお約束です。ですが、創作の世界の外では、そう割り切れない事もしばしばあるものです。〟


「滅びろ、魔王ぉおおおおおおおおおおおおおお！」

——ＧＺＩＭＧＹＢｏＯｏｏ。

勇者ハヤトの必殺技が炸裂《さくれつ》し、魔王は断末魔の絶叫をあげ、暗紫色の靄《もや》と大量の砂となって地面に崩れていった。

オレはログに流れる文字を読む。

>称号「魔王殺し『砂塵《さじん》王』」を得た。
>称号「介添人」を得た。
>称号「縁の下の力持ち」を得た。

うん、ちゃんと討伐できたようだ。

「ハヤト様、魔王討伐おめでとうございます」

「ああ、ついに斃《たお》したぜ」

ふらつく勇者ハヤトを支え、魔王が残した砂の山を見上げる。

その中に魔王の核だったらしき暗紫色の割れた球体が顔を覗《のぞ》かせていた。

「――ハヤト」

メリーエスト皇女の声に振り返ると、仲間達に支えられた従者達がこちらにやってきた。

「やったぜ」

「まだよ。皆《みんな》、タリスマンを――」

メリーエスト皇女に促され、従者達が懐から「神授のお守り《タリスマン》」を取り出す。

「来たわ！」

メリーエスト皇女の指さす先、球体のあたりから二つの暗紫色をした小さな光が浮かびあがってきた。

あれは「神の欠片《かけら》」だ。

『はっぴー、らっぴー、ぴっぴらぴー』

『くけけけけ、けらけらけら～』

なんだか、今までに見た「神の欠片」と様子が違う。

なんとなく禁止薬物を摂取してハイになった中毒者《ジャンキー》のようだ。

「「神授のお守りよ！　邪悪を《封印》せよ！」」

勇者の従者達が、「神授のお守り」を「神の欠片」に突き出して叫ぶ。

暗紫色の光を青い格子が包み、メリーエスト皇女の持つ一回り大きなお守りに吸い込まれていった。

なるほど、歴代勇者はこうやって「欠片」を処理していたのか。納得だ。

「――ハ、ハヤト！」

リーングランデ嬢の悲痛な叫びが祭壇の間に響く。

どこからともなく天から降り注ぐ青い光が勇者ハヤトを包んだ。

脱力した感じの勇者ハヤトが光源を見上げて、何かを言うのが見えた。

彼の周りでキラキラと煌《きら》めく光が邪魔でよく分からなかったが、彼の言葉の中に「パリオン」という単語が確かにあった。

――ありがとう。

青い光の方から幼い女の子の声が聞こえた気がした。

空耳だったかも知れないが、きっとあれは勇者ハヤトの下へオレを誘った青髪の謎幼女に違いない。やはり、あれはパリオン神だったのだろう。

やがて光が消え、沈黙が場を支配する。

リーングランデ嬢が「聞きたいけど聞き出したくない」といった複雑な表情で、勇者ハヤトを見つめる。

「パリオン神からだ。迎えは明日の朝らしいぜ」

どうやら、勇者ハヤトは元の世界に帰るようだ。

「そ、そんな！　早すぎるわ！」

リーングランデ嬢がそう叫んで勇者ハヤトに抱きつく。

「……悪いな、リーン」

勇者ハヤトは優しい手付きで、そんなリーングランデ嬢の髪を撫《な》でる。

「ハヤト……どうしても帰ってしまうの？」

メリーエスト皇女が逡巡《しゅんじゅん》した後に、問いを発する。

「すまん、メリー。俺様には向こうで待っている人達がいるんだ」

勇者ハヤトは静かな口調で告げる。

「……そう、よね」

答えが分かっていたのか、メリーエスト皇女は瞳《ひとみ》に浮かんだ涙を隠すように顔を伏せた。

他《ほか》の従者達も押し黙り、寂寥《せきりょう》感に満ちた重苦しい雰囲気が場を満たす。


「――お祝いしましょう！」


そんな重苦しい空気を明るい声で砕いたのはアリサだ。

「せっかくの魔王討伐なんだから、とびっきりのご馳走《ちそう》を用意しないと！」

「よし、お祝いだ！」

「食べるのは任せろ！」

アリサの提案に真っ先に乗ったのはルススとフィフィだ。

無理に作った明るい声から、彼女達の悲しみが伝わってくる。

「うん、ハヤトが好きなサガ牛の肉巻きやチャーハンも作ってあげる」

「とびっきりのブランデーも出しますね」

弓兵ウィーヤリィと神官ロレイヤも明るい声でそう続く。

リーングランデ嬢とメリーエスト皇女は思い詰めた感じだったが、祝賀会自体に異論はないようだ。

「にゅ！」

タマの耳がピクリと動き、魔王が残した砂の山を見る。

その砂の山が作る影が蠢《うごめ》き、人の姿を象った。

「戻るのが遅かったようだ」

敵かと思って警戒したけど、出てきたのは賢者だった。

そういえば最初の砂嵐《すなあらし》攻撃の時に、影の空間に退避していたっけ。

「サトゥー」

くいくいと袖《そで》を引くミーアに乞《こ》われて耳を寄せる。

「瘴気《しょうき》」

ミーアに促されて瘴気視で見てみると、魔窟《まくつ》の中は前に見た時よりも何倍、いや何十倍も濃い瘴気で満ちていた。特に魔王が残した砂山のあたりが濃い。魔王を強化していた穢《けが》れが、この瘴気を作り出したのかもしれないね。

これは放置すると面倒な事になりそうだ。

「サトゥー、戻るぞ！」

勇者ハヤトの背後に、次元潜行船ジュールベルヌが現れた。

彼らは重傷者を乗せて聖都へと帰還するようだ。

「ハヤト様！　私達は『自由の光』が残した遺留品を確認してから戻ります」

「――分かった。明日の帰還までには戻れよ！」

不要だとは言えなかったのか、少し迷ってから許可してくれた。

「はい、魔窟の出口に飛空艇を回しておいていただけると助かります」

「分かった。高速飛空艇を回しておく」

そう言い残して勇者ハヤト達は次元潜行船ジュールベルヌに乗り込んだ。

オレはそれを見届けてから精霊光を解放し、瘴気を浄化する。精霊光だけだと心許ないので、量産した聖碑をあちこちに置いて効果を高めてみた。

「ご主人様、何しているの？」

「墓標を立てておこうと思ってね」

本名も知らない相手だったけど、せめて墓標の一つも立てて弔ってやりたい。

戦闘中に回収しておいた人形を修復し、魔王の墓に供えた。

「南無～？」

「安らかに、なのです」

皆で弔いの言葉を捧げる。

瘴気の浄化が終わるまで時間が余ったので、マップ検索で見つけた「自由の光」関連の書類を手分けして回収した。

書類の大部分は魔王との戦いで失われていたが、魔窟の瘴気濃度を高めて量産した砂塵兵で、パリオン神国の侵略を企《たくら》んでいた事が分かった。

「最終目標は世界征服？　いつの時代の秘密結社よ」

「まあ、魔王の力があったら国の一つや二つは侵略できるだろうからね」

幾つかの拠点も新しく判明した事だし、法皇か枢機卿《すうききょう》あたりに「自由の光」を壊滅してもらいたいね。

調査が終わる頃《ころ》には精霊光と聖碑のコンボで、瘴気は大分薄まってくれた。

この場所は瘴気が流れ込みやすい構造になっているのか、ここを浄化するだけで全体の濃度が下がってくれたので楽ちんだったよ。

◆

「それでは魔王討伐を祝して、乾杯！」

「「「かんぱーい！」」」

様々な銘酒の栓を開け、メリーエスト皇女が用意させた「勇者ハヤトとの思い出の料理」が所狭しと並べられている。

肉料理が多いのは勇者ハヤトの嗜好《しこう》だろう。

仲間達の飲酒は禁止しているので、彼女達は基本的に食事が中心だ。

オレ達が聖都に戻ったのは日没寸前だったので、オレやルルは準備を手伝えなかった。宴会中の配膳《はいぜん》や給仕はサガ帝国から派遣されていたスタイル抜群の美人メイド達がやってくれるそうだ。

「サトゥー！　飲んでるか！」

「ええ、もちろん」

酒瓶片手に現れた勇者ハヤトが、オレの杯に酒を注いでくれる。

オレもテーブルにあった竜泉酒を彼の杯に注いだ。

「お前やハニー達がいなかったら、俺様達はきっと魔王に勝てなかった。助力を感謝する」

「いえ、私達はほんの少しお手伝いしただけですよ。ハヤト様は立派に魔王を倒してくださいました」

実際、オレ達が討伐したのは魔王の取り巻きばかりで、魔王を斃したのはほとんど勇者一行の力だ。

「少しじゃないさ――」

なぜか勇者ハヤトの顔が近い。

彼の性的嗜好は幼めを向いている以外はノーマルだったはずだ。

「――感謝するサトゥー、いや、勇者ナナシ」

勇者ハヤトがオレの耳元で囁《ささや》く。

あれ？　バレる要素はなかったはずだが？

「何の事でしょう？」

「心配するな。隠したいみたいだから誰《だれ》にも言っていない。勇者か儀式魔法で使用を許可された者しか使えないはずの聖剣を自在に使いこなし、遥《はる》かに格上なはずの魔王と互角以上に戦ってみせた」

助勢する時に聖剣を使ったのは失敗だったかもしれない。

聖剣ブルトガングは聖剣使いのメーザルト氏をジュールベルヌに積み込んだ時に返却してある。

「気付いているか、サトゥー？　お前は魔王との戦いで、ただの一度も傷を負わなかったんだぜ？しかもお前が後ろを守ってくれてからは俺様も怪我《けが》をしなくなった」

ちょっとくらいダメージを喰《く》らっておくべきだったかもしれないけど、新品の白銀装備を汚したくなかったんだよね。

「その事実を知ってなお、サトゥーがレベル四五だと信じる者はよっぽどの間抜けだ」

そう言って勇者ハヤトが微笑《ほほえ》んだ後、真顔になって言葉を続けた。

「サトゥー、俺様が日本に帰った後の仲間達を頼む」

「どういう事でしょう？」

魔王を討伐した彼が日本に帰るのは知っているけど、それと彼の従者をオレに預ける事がどう繋《つな》がるんだろう。

魔王討伐に携わった従者達なら、サガ帝国でも他の国でも栄達しほうだいじゃないのかな？

「リロやノノの話だと、最近サガ帝国の中央がきな臭いらしい」

「戦争でも起こるのですか？」

「ああ、その可能性は高い。特に大陸東方で鼬《イタチ》帝国とやりあうつもりかもしれん」

前に少し聞いた事があるけど、人族の治める小国や幾つもの亜人達の国が鼬帝国に侵略されて滅んだり併合されたりしているらしい。

「あいつらがニンゲン同士の争いに駆り出されそうになったら、保護してやってくれ」

「ええ、お任せください。サガ帝国の手が及ばない場所に匿《かくま》いましょう」

ムーノ伯爵に頼んで食客にしてもらうも良し、昔の勇者ダイサクのようにボルエナンの森で保護してもらうも良しだ。

「お前がそう言ってくれると心強いぜ！」

肩の荷が下りた、とホッとした顔で酒杯を呷《あお》る。

「俺様にできる事があったら言ってくれ。お前にならアロンダイトを譲ってもいい」

勇者ハヤトがそう言ってオレを見つめる。

丁度良かった、彼に頼みたいことがあったので便乗させてもらう。

「では、元の世界に戻ったら、これを投函《とうかん》していただけませんか？」

「手紙？」

「はい、私がいたのと同じ世界とは限りませんが、家族に元気でやっていると便りを送りたいと思いまして」

家族や友人、それからメタボ氏達同僚への手紙の束を勇者ハヤトに手渡す。

一緒にアリサやヒカルの分の手紙も入っている。

「ああ、確かに預かった。必ず俺様が直接渡すから安心してくれ」

「よろしくお願いします」

胸をドンと叩《たた》いて勇者ハヤトが請け合ってくれたので安心だ。

元の世界で死んでいるアリサの方はイタズラと取られる可能性が高いが、アリサはそれならそれでもいいと言っていた。

「ハヤト、ちょっといい？」

「リーン？」

なんとなく艶《つや》っぽい印象のリーングランデ嬢がワインを片手に現れた。

彼女の着る翠絹《かわせみきぬ》のドレスは非常に大人っぽいカットで、フェロモンをガンガンに撒《ま》き散らしている。

礼服の黒騎士や偵察隊の兵士達が、さっきからチラチラと盗み見るほどだ。

「サトゥー、ハヤトを借りるわよ」

「ええ、ご随意に」

オレは保護者のような気分で勇者ハヤトとリーングランデ嬢を見送った。

「こ、こりはNTRフラグなのでは？」

さっきまで「ハヤト×サトゥーそれともサトゥー×ハヤト」なんて妄言を言っていたアリサの頭をポカリと叩く。

「なにバカな事を言ってるんだ」

想《おも》い人との永遠の別れなら、最後の思い出を望むのはごく普通の事だしね。

オレはリーングランデ嬢の想いの成就を祈って杯を空けた。

◆

翌朝、勇者ハヤトの帰還を見送る為《ため》、オレ達は大聖堂の裏手にある広場に集まっていた。

地球に戻ってもおかしくないスーツ姿の勇者ハヤトが、サガ帝国の人達やパリオン神国の人達と別れの挨拶《あいさつ》をしている。

「ハヤト！」

人混《ひとご》みが割れて、書記官リロとそっくりな少女が現れた。

「ノノ！　よく間に合ってくれた！」

「皇室専用艇、借りた」

彼女は勇者ハヤトに抱きつくと、言葉少なにサガ帝国から間に合った理由を告げる。

「おめでと」

「ああ、ありがとう。これもノノ達が後ろで支えてくれていたお陰だ」

勇者ハヤトが書記官ノノの頭を撫《な》でる。

そんな勇者ハヤトの身体《からだ》が淡い青色の光を帯びた。

「すまん、ノノ。そろそろみたいだ」

勇者ハヤトがそう言ってノノの抱擁を解き、従者達の顔を一人ずつ見つめる。

「メリー、俺がサガ帝国に召喚された時から、ずっと俺を支えていてくれてありがとう」

「――ハヤト。私の勇者様」

メリーエスト皇女が勇者ハヤトにハグをして頬《ほお》に口付ける。

そういえば、勇者ハヤトの一人称が「俺様」から「俺」に変わっていた。

「セイナ、黄色野郎に全滅させられかけたあの後、もう一度立ち上がることができたのはお前のお陰だ」

「へへん、またビンタしてほしくなったらいつでも戻っておいでよー」

涙を堪《こら》えた斥候セイナが勇者ハヤトを抱きしめる。

そして、神官ロレイヤ、ルスス、フィフィ、弓兵ウィーヤリィ、書記官リロ、書記官ノノの順で別れを交わし、最後にリーングランデ嬢の番となった。

「リーン、初めて会った時は鼻持ちならないクソ貴族だったけど――」

おいおい、勇者。何を言い出す。

「――今ではかけがえのない俺の最大の理解者だ。妹さんと仲直りしろよ」

「ハヤト、ハヤトハヤトハヤト」

リーングランデ嬢は泣きじゃくって、彼をきつく抱きしめる。

上手《うま》く言葉が出てこないようだ。

「アリサはお別れをしなくていいのか？」

「ええ、昨日ちゃんとお別れを言ったもの」

一応確認したところ、アリサからそんな答えが返ってきた。

「――時間だ」

そして、天から光が降ってくる。

「パリオン神が世界を繋ぐ時間にも限りがあるみたいだ。そろそろ行くよ」

勇者ハヤトは持っていた聖剣アロンダイトをリーングランデ嬢に預ける。

「皆《みんな》、元気で――」

勇者ハヤトの身体が浮きあがり、その姿が透けて消えていく。

誰かが「ハヤト」と呼んだのを切っ掛けに、次々と従者達が勇者ハヤトの名を呼ぶ。

消える寸前まで手を振っていた勇者ハヤトが消えた空を、オレ達は飽きる事なく見上げていた。

◆

「サトゥー、飲んでる?!」

「ええ、飲んでますよ。でも、リーングランデ様はそろそろ酒量が過ぎるようですよ」

勇者の送還を見送った後、彼の従者達から勇者ハヤトの思い出を語る会に招かれたのだが、なぜか集会後に酔っ払ったリーングランデ嬢にくだを巻かれていた。

酔っ払ったリーングランデ嬢は絡み上戸のようで、オレの首に片腕を回してさっきから酒を注《つ》ぎ続けている。

酒瓶から直接ラッパ飲みするのは公爵令嬢として問題があると思う。

「まったく、崖《がけ》から飛び降りるくらい思い切って女の私から迫ったのに、あの朴念仁ってば、接吻《せっぷん》の一つもしなかったのよ！」

「ハヤト様は倫理観念の優れた紳士ですからね」

昨日のリーングランデ嬢の決死のアプローチは玉砕だったようだ。

「まったく、男ならたまには獣になりなさいってのよ！」

「そうですね、激情に身を委《ゆだ》ねるのも必要ですね」

オレが適当に相鎚《あいづち》を打っていたら、リーングランデ嬢が静かになった。

どうやら、酔いつぶれたらしい。

扉からトーテムポールのように中を覗《のぞ》き込んでいた仲間達に、彼女を寝台に寝かせてくるように頼む。

オレはソファーに座り直し、ルルが持ってきてくれた口直しの果実水を口に運ぶ。

「ふむ、これは予想外だ」

「あの手紙の話？」

メニューのマーカー一覧を眺めながらアリサに首肯する。

そこには勇者ハヤトに預けていた手紙が載っていた。現在位置は「第N世界線、惑星地球、日本国」と表示されている。ちなみにNの部分はもの凄《すご》い桁数《けたすう》の数字が並んでいた。

マーカー一覧には勇者ハヤトの名前も残っている。

ユニークスキルは世界を超えても働くらしい。

「ご、ご主人様！　こ、こっそり帰ったりしないわよね？」

「ああ、もちろんだ」

アリサがオレの手をガシッと掴《つか》んで尋ねてきたので即答する。

「もし、里帰りできるなら、その時は皆で一緒に地球観光をしようか」

きっと、東京の摩天楼やサブカルチャー溢《あふ》れる秋葉原あたりを喜んでくれるに違いない。

オレの冗談を聞いたアリサが「それはいいわね」と言って微笑んだ。

まあ、ルモォーク王国でアオイ少年達日本人を無差別召喚していたユニークスキル「世界を繋ぐ力《ワールド・コネクション》」やサガ帝国の勇者を召喚するシステムのような神様由来の仕組みがないと、ちょっと難しそうだ。

　メニューで認識できる事だし、ユニット配置なら行ける気もする。

　だけど、ＡＲ表示されるユニット配置のページを見る限り、勇者ハヤトの世界にある「鈴木《すずき》一郎《いちろう》の実家」はユニット配置で行ける支配領域じゃないようだ。

　こんな事ならユニット配置の転移先に使えそうなテントでも預けて、向こうで組み立ててくれるように頼めば良かったかもしれない。テントだと常設に向かないから、オレが入れるサイズの犬小屋なんかでもいいかもね。

　まあ、それを実行していたとしても、リスクはあると思う。

　アリサから「魂殻花環」を借りてユニット配置しても「魂の器」が壊れそうで、ちょっと怖い。

　日本への帰還を検討するのは、サガ帝国の召喚陣を見物してからだね。

◆

　勇者ハヤトの送還から二日後――。

「サガ帝国にいらしたら、いつでも訪ねていらっしゃい。その時に勇者神殿の召喚陣を見せる約束を果たします」

「はい、西方諸国で観光副大臣の任務を終えたら、お伺いいたします」

　オレ達は次元潜行船ジュールベルヌの前で、メリーエスト皇女を始めとする勇者の従者達と別れを交わしていた。

「サトゥー、昨日は悪かったわね」

気まずそうな顔のリーングランデ嬢がそっぽを向きながら謝る。

「私はサガ帝国で従者としての義務を果たしたらオーユゴック公爵領に戻るつもりだから、いつでも遊びに来なさい」

そう告げた後、「セーラの事を許したわけじゃないわよ」と安定のシスコンぶりを発揮していたけど、きっとそれは勇者ハヤトとの別れを誤魔化す為の空元気だろう。

「また美味《おい》しいお酒があったら送ってくださいね」

「ええ、ロレイヤ様が気に入りそうな銘柄を見かけたら必ず」

神官ロレイヤとそんな約束をする。

「あたしとフィフィはサガ帝国に戻ったら、武者修行の旅に出るからさ、シガ王国に寄った時にでも手合わせしてよ」

「うん、あたしも手合わせしたい。加速薬を飲んだハヤトの動きについていけるのがルスやあたし以外にもいるなんて思わなかったからさ」

ルスとフィフィがニヤリと笑ってそう告げた。

その時は成長したタマとポチに相手を頼もう。

「サトゥー、観光が好きならサガ帝国の耳族保護区に来るといい。耳族は人族との交配が可能だから、強いサトゥーはきっと歓迎されるはず」

次にオレの前に現れたのは弓兵ウィーヤリィだった。

耳族保護区には興味があるが、種馬的な扱いをされそうなので、ちょっと躊躇《ためら》っちゃうね。

「またね、サトゥー。ボクもシガ王国に間者として遊びに行くよ」

「いえいえ、普通に遊びに来てください。歓迎しますよ」

そんな不穏な発言をしたのは斥候セイナ。

「……ありがとう。……ハヤトを助けてくれて」

書記官リロの背後に隠れるようにして、彼女と同じ顔をした書記官ノノがぽそりと礼を口にした。

「閣下のご助力を感謝いたします。サガ帝国の皇帝陛下より、後日シガ王国に書状が届くはずです。内容はおそらく勲章授与とサガ帝国名誉貴族の授爵についてでしょう」

そして最後に、書記官リロが事務的な報告をしてくれた。

「受ける受けないは自由ですが、勲章は私達とお揃《そろ》いなのでハヤトと一緒に魔王を討伐した記念に受け取ってください」

書記官リロはそう付け加えて儚《はかな》く微笑《ほほえ》んだ。

彼女達が乗り込んだ銀色の船が次元の狭間《はざま》に消えるのを見送り、パリオン神国やサガ帝国の人達が解散する。

侍二人や世話になったメイドさん達に挨拶してから、オレ達も宿舎をお暇《いとま》する事にした。

「――貴族様！」

大聖堂の広い敷地を歩いていると、前方から砂人のライト少年が大きく手を振りながら駆けてきた。

書記官リロに保護されていた彼だが、魔王討伐後はそれ以前に働いていた職場に復帰したらしい。

「父ちゃんの行方が分かったんだ！」

賢者が手配してくれていた門番から連絡が来たそうだ。

「それは良かったね」

魔王退治も終わったし、パリオン神国中を閃駆《せんく》で飛んでマップ検索で捜してやろうと思っていたのだが、余計なお世話だったようだ。

「賢者様の計らいで、おいらも父ちゃんの所に行ける事になったんだ！」

「へー、どんな所なの？」

「才ある者の秘められた力を引き出す村だって」

アリサの問いにライト少年が答える。

ライト少年には「直感」という希少なスキルがあるから、「才ある者」として認められたのかもね。

「賢者様はたしか——『修行の里』って呼んでたよ」

「そのまんまね」

アリサの言葉には同意するが、ちょっと興味がある。

「修行～？」

「ポチも修行は大好きなのです！」

「おいらはあんまり好きじゃないけど、父ちゃんと一緒に暮らす為《ため》にも頑張るよ！」

「うん、頑張れ」

笑顔のライト少年を激励する。

彼は「賢者様に呼ばれているから」と言って大聖堂の方へ駆けていく。

皆でその姿を見守っていると、アリサが視線をこちらに向けた。

「ご主人様、次はどこに行くの？　やっぱサガ帝国？」

「魔王退治で碌《ろく》に観光できなかったし、パリオン神国や西方諸国をたっぷり観光してからサガ帝国に行こうか」

オレの提案は笑顔とともに受け入れられ、皆でどこから見物したいかを話しながら、宿を探しに大通りへと向かった。

エピローグ

「勇者よ、つかの間の勝利を喜ぶがいい」

薄暗い地の底で、しわがれた声が反響する。

「貴様が魔王を倒した事で、魔神牢《ろう》は瘴気《しょうき》で満ちた」

男は明かりも持たずに闇《やみ》の中を進む。

「世界を救ったはずの勇者が、魔神牢の封印を解く手伝いをし、世界に破滅を解き放つのだ」

ここは第六魔窟《まくつ》、勇者と魔王が死闘を演じた場所だ。

「じつに痛快！　不快な勇者も消えた今、邪魔する者もいない」

男は終着点に足を踏み入れる。

「……どういう事だ」

祭壇の間に満ちているはずの瘴気が、予想以上に薄い事に男は気付いた。

「封印が瘴気を吸い取ったのか？」

嫌な予感に男の足が速くなる。

「バカな！　瘴気濃度が一割もないだと?!　計画を始める前の半分ではないか！」

封印のある場所に辿《たど》り着いた男は、魔法装置を操作してあまりの事実に愕然《がくぜん》とした。

「どういう事だ？　勇者の従者達に浄化するような時間はなかった。パリオン神殿の者どもが、あれだけの瘴気をこんな短期間に浄化する事などできぬ。魔を払う竜鱗粉《ドラゴン・パウダー》とて、備蓄量だけで足りるはずもない」

男が暗闇に向かって吼《ほ》える。

「まさか――シガ王国に現れたという勇者の仕業か?!　猪王や狗頭《くとう》を斃《たお》したという話は、シガ王国のプロパガンダではなかったという事か……」

年末のシガ王国王都を襲った「落とし子」事件は、シガ王国の守り神である天竜の参戦で失敗したというのが、彼らの共通見解だった。

「緑殿は一時期シガ王国におられたはず。戻られたら問い詰めねば」

同盟者の不実に男は青筋を立てる。

「このような事で我が望みは絶たれぬぞ。絶対に魔神牢の封印を解いてみせる」

握りしめた拳《こぶし》から血が滴る。

「私こそが『賢者』だ。トウヤのような老害とは違うのだ」

男はその事実に気付かずに独白を続けた。

「まだ見ぬシガ王国の勇者よ！　賢者ソリジェーロ様が率いる災厄の軍勢が、貴様の国を滅ぼしてくれるわ！　滅び行く国を眺め、血涙にむせぶがいい！　そして、絶望する貴様を我が影で引き裂いてくれる」

男が暗闇に向かって叫ぶ。

「そして災厄の軍勢で地ならしをした後は、虐げられてきた我が一族で王道楽土を築くのだ。聖女の力と災厄の軍勢があれば、成功は約束されたも同然。必ずや新たな帝国を築いてみせようぞ！」

叫びはやがて哄笑《こうしょう》となり、暗闇の奥へと消えていく。

彼の心に、自分の野心の為に散った魔王の事など、欠片《かけら》も残されていない。

ただ、地下を流れる風が、死せる魔王を慰撫《いぶ》するかのように、少しずつ砂山を崩すだけだった。

EX-1：ハヤトの帰還

〝俺は幼女神パリオンの願いに応《こた》えて、勇者ハヤト・マサキとしてサガ帝国に召喚された。何度も死にそうになりながらも使命を果たし、俺は帰ってきた。懐かしの故郷に。――真崎隼人《まさきはやと》〟


「パリオン神が世界を繋《つな》ぐ時間にも限りがあるみたいだ。そろそろ行くよ」

天から降る優しい青光が俺を包む。

「皆《みんな》、元気で――」

仲間達やサトゥー達が見守る中、俺の身体《からだ》が宙に浮かび視界が光に呑《の》まれていった。

微《かす》かにリーンやメリーが俺の名を呼ぶ悲痛な声が聞こえた。

――すまん、リーン。すまん、メリー。

俺は心の中で仲間達に詫《わ》びる。

《感謝、勇者》

チューニングの合わないラジオのように、ノイズ混じりの声が聞こえてきた。

この可愛《かわい》らしい幼い声はパリオン神のものだ。

同時に流れ込んでくるイメージが、彼女の心を表している。

どうやら、俺の魔王討伐に感謝してくれているようだ。白く染まった視界に幼女神の姿が見えないのが残念に思える。

《別離、謝罪》

――気にするな。選んだのは俺だ。

パリオン神の申し訳なさそうな思念に首を横に振る。

《多幸、未来、祝福》

――ああ、別れたリーン達が心配せずに済むくらい幸せになってみせるさ。

俺の言葉に、幼女神が笑顔のイメージを送ってきた。

そうさ、子供は笑顔じゃなくっちゃな！

◆

「ここは――」

気がつくと、俺は石畳の上に立っていた。

――神社の境内？

そうだ！　ここは召喚された時にいた神社だ。

「帰ってきたんだ……」

俺は階段を駆け下りる。

朱色の鳥居が作るアーチを抜けて、排ガス臭い道路へと飛び出した。

「きゃっ」

横手から、女の子の悲鳴が聞こえた。

俺が飛び出したせいで、驚かせてしまったようだ。

「悪い――橘《たちばな》！」

「――え？　真崎君？」

ロリ顔の幼馴染《おさななじ》み――橘ユミリを見つけた俺は、そのまま華奢《きゃしゃ》な身体を抱き締めた。

「やっ、ちょ、ちょっと、ハヤトちゃん！　こういうのはもっとロマンチックな場所でっ」

慌てる幼馴染みの言葉に、俺は懐かしさで嗚咽《おえつ》を抑える事ができずに泣き出してしまった。

「何？　どっか痛いの？　ねぇ、ハヤトちゃんってば」

「ユミリ、ユミリ、俺は帰ってきた。帰ってこられたんだ」

みっともなく泣く俺を、ユミリは困惑しつつも優しく抱き締めていてくれた。

◆

「はい、ペカリ。好きでしょ」

「ああ、ありがとう。また、ペカリが飲める日が来るとは――」

差し出されたスポーツドリンクを見て再び涙がこみあげていた俺の顔に、ユミリがハンカチを押し付けてくる。

さっき抱き締めてしまったせいか、ユミリの頬《ほお》が少し赤い。

「――あれ？」

「こんどは何よ」

ユミリが訝《いぶか》しげに眉《まゆ》を寄せる。

「どうして、セーラー服なんだ？」

こいつにコスプレ趣味はなかったはず。

「あんたねぇ！　さっきまで一緒に学校にいたでしょうがっ」

――さっき、だと？

俺はユミリの瞳《ひとみ》を見つめる。

「な、なによ」

ユミリが身体の前で腕を交叉《こうさ》させてガードポーズを取る。

挙動不審なくらい動揺しているが、俺がそれに気付いたのは家に帰った後だ。

この時の俺には、もっと重要な事があった。

「今は何年の何月何日だ！」

「へっ？」

戸惑うユミリの肩を掴《つか》んで問い掛ける。

「教えてくれ！」

「う、うん……二〇一三年の三月三日、ついでに時間もいる？　一二時一五分よ」

時間は覚えていないが、日付は間違いない。

今日は俺が召喚された日だ。

「時間魔法は存在しないはずなのに……」

「ちょっと、中二病は中学校で卒業しなさいって言ったでしょ？　またぶり返したの？」

俺の呟《つぶや》きを聞き咎《とが》めたユミリが何か言っていたが、俺はそれに頓着《とんちゃく》せずに自分の顔をペタペタと触っていた。

「ほんと、大丈夫？」

「鏡！　鏡はないか？」

「あるけど？」

心配顔のユミリが差し出す小さな鏡で、自分の顔を見る。

――召喚された頃《ころ》の俺だ。

「あれ？　そういえば何で背広なんて着ているの？　アルバイトの面接？」

「話せば長くなるんだけど――」

俺は幼女神のサプライズに愉快な気分になりながら、ユミリに異世界での話をした。

最初はまったく信じていなかったユミリだったが、俺が指の力だけで硬貨を四つ折りにして潰《つぶ》してみせたら納得してくれた。納得した後に「硬貨を潰すのは法律違反だよ」と叱《しか》るところがユミリらしい。

もっとも、残っていた力は一部だけだ。

スキルは使えなくなっていたし、異世界勇者をやっていた時に比べたら筋力も悲しいくらいに下がっていたが、十分に常識外の力が残っていたので簡単に実演できたのだ。

たぶんだけど、ちょっと訓練すれば超一流アスリートの仲間入りができる気がする。

出発前にサトゥーが昔の小説を参考にしたと言って、腰に巻いてくれた黄金製の針金が五キロくらいあるから、学生起業するのも楽しそうだ。

「ふーん、大変だったんだねぇ。それで異世界に恋人とか妻子は残してきちゃったの？」

言葉が軽い。

どうやら、完全に信じてくれたわけでもないようだ。

まあ、いいか。俺だって自分以外の誰《だれ》かがこんな事を言っていたら一笑に付すだろう。

「いや、恋人も妻子もいない――」

――俺の心の中にはいつも。

俺に見つめられたユミリが頬を染める。

ハニー――アリサ王女の事は黙っておこう。

「悪いユミリ、俺は家に帰って妹に『ただいま』の挨拶《あいさつ》をしてこないといけないんだ」

俺が真剣な顔で告げると、なぜか肩すかしをくったようなユミリが、呆《あき》れ顔《がお》になって「バイバイ」と手を振った。

「また明日《あした》」

ユミリの何気ない挨拶に頬が緩む。

「じゃあね～」

「ああ、また明日」

俺がそう返事をすると、ユミリが満足そうにしていた。

◆

「一郎兄ぃの友達？」

サトゥーによく似た雰囲気の美女が、訝しげに俺を見つめる。

「はい、彼から託された手紙を届けに来ました」

「あなた、お幾つ？」

「に――一七歳です」

危うく、異世界にいた頃の年齢を答えかけた。

「なら、小学生の時に一郎兄ぃと知り合ったの？」

——どういう意味だ？

「いえ、一年ほど前です」

そう答えた瞬間、彼女の顔から表情が消えた。

「そう——」

能面のような表情の美女が、「帰って」と言って玄関の奥に踵《きびす》を返した。

「ま、待ってください。手紙だけでも」

「イタズラなら、どこか余所《よそ》でやって——」

冷たい声でそう告げられ、目の前でピシャリと玄関の扉が閉じられた。

「困ったな」

直接手渡しして異世界でのサトゥーの近況とかを教えたかったんだが……。

手紙を投函《とうかん》できるポストを探して歩いていると雨が降ってきた。コンビニで雨宿りでもしようと小走りに歩道を走っていると、公園の片隅で雨に濡《ぬ》れる段ボールに脱いだ上着で陰を作る女の子を見つけた。制服に「高杯」と書かれた名札が付いているから中学生だろう。

何かないかと鞄《かばん》を探ったら、折りたたみ傘が出てきた。そういえば入れっぱなしだったっけ。

「風邪を引くぞ」

俺は開いた傘を女の子にさしかける。

段ボールの中には子犬がいた。

「ありがとう、お兄さん」

振り返った女の子が素直にお礼を言う。

そんなつもりは全くないが、ナンパを疑われなかったのは俺の人徳に違いない。

「――ああっ！　それ！」

女の子が俺の胸元を見て驚きの声をあげた。

「イチロー兄ぃの字！」

女の子が俺の胸ポケットからサトゥーの手紙をひったくる。

「この手紙をどこで？」

「サ――鈴《すず》木《き》一郎《いちろう》さんから、彼の家族に渡すように頼まれたんだよ」

女の子は高《こう》杯《はい》光《みつ》美《み》。鈴木一郎の幼馴染みで、家族同然の仲らしい。

鈴木家に手紙を届けに行ったのに、けんもほろろに追い返された話をすると――。

「イチロー兄ぃは大学の合宿で行方不明になったんだよ」

その理由を教えてくれた。

「高杯さんは――」

「ヒカルでいいよ。コウハイだと後輩みたいでしょ」

名前ならミツミじゃないのかと思ったが、本人のリクエスト通りでいいだろう。

「ヒカルちゃんは俺の話を信じてくれるのか？」

「そりゃ、信じるよ。だって、これはイチロー兄ぃの字だもん」

「なら、この手紙を鈴木一郎さんのご家族に渡してくれるかな？」

「分かった。必ずおばさん達に手渡すよ。約束する」

漫画みたいに胸を叩《たた》いて引き受けてくれたヒカルちゃんに手紙を渡す。

……ふう、これでサトゥーとの約束を果たせるぜ。

「サトゥー？」

ヒカルちゃんが首を傾《かし》げる。

どうやら、声に出してしまったらしい。

「イチロー兄ぃのお祖父《じい》さんが飼っていた犬の事？」

「——犬？　いや、鈴木一郎さんの綽名《あだな》だったんだよ」

「あー、ゲームとかでよく付けてたもんね」

意外なところで、サトゥーという名前のルーツを知ってしまった。

それから少しの間、ヒカルちゃんとサトゥーの話で盛り上がったが、雨が止《や》んだのを機にどちらからともなく解散となった。

なお、子犬は俺が引き取る事にした。

家に広めの庭もあるし、妹が犬を飼いたがっていたからだ。

『小屋を作れ、勇者』

後ろから声がした。

振り返ると、腕を組んだヒカルちゃんが仁王立ちしていた。

さっきまで黒かった髪が、プリズムに当てた光のように虹色《にじいろ》に見える。

「――小屋？」

『人が入れるサイズなら、犬小屋でも構わぬ。この表札を小屋に貼《は》るのじゃ』

思わず受け取った表札には「サトゥー」と書かれていた。もの凄《すご》く達筆だ。ヒカルちゃんは書道の段持ちに違いない。

「何の為《ため》に――」

作るのか尋ねようとしたが、顔を上げた先にヒカルちゃんの姿はなかった。

なんだか狐《きつね》につままれた気分だ。

腕の中の子犬がワンと鳴く。

「お前の小屋でも作るか」

「ワン！」

子犬が嬉《うれ》しそうに俺の顔を舐《な》める。

人なつこい子犬の向こうに、手にしたままの表札が見えた。

「よし！　お前の名前は『サトゥー』だ」

俺は子犬を抱き上げてそう宣言した。

◆

「ハヤトにぃ、あにしてう？」

三歳になったばかりの妹の愛香《あいか》が、つたない言葉で俺に話しかけてくる。

「犬小屋を作っているんだ」

「いう！　いうかうお？」

愛香が俺の背中によじ登りながら、嬉しそうに問い掛ける。

今日も最高に可愛《かわい》らしい。

まさに天使だ。

「ああ、可愛いぞ！」

子犬を家に連れて帰るなり、母親が予防接種に行くと言って連れて行ってしまった。

「わーい」

愛香が嬉しそうに、ぴょこんと飛び跳ねる。

俺の背から転げ落ちそうになった愛香を素早く支えて、芝生の地面に下ろしてやった。

「いうのせにのうの！」

「そうかそうか。それじゃ、早く大きくなってもらわないとな」

あの子犬は大きくなる犬種なので問題ない。

「あい！」

犬の背に乗るプリティーな妹の写真が、アルバムに増えそうだ。

愛香はその後しばらく俺の犬小屋作りを見ていたが、途中でウトウトとし出したので、居間のソファーに寝かしつけてきた。

「――よし、完成」

俺は最後に、「サトゥー」と書かれたネームプレートを犬小屋に打ち付ける。

このネームプレートはヒカルちゃん虹色髪バージョンに貰《もら》ったヤツだ。

あのヒカルちゃんは人ならざるモノ――それも物《もの》の怪《け》や怪異なんかじゃなく、俺を異世界に召喚した幼女神のような神格を持つ何者かだったんじゃないかと思う。

何の為に犬小屋を作り、このネームプレートを付ける必要があるのかは分からない。

でも、きっと何か意味があるはずだ。

「もしかしたら、またサトゥー達と会えるようになるのかもな」

俺は一つ伸びをしながら、独り言を呟《つぶや》いた。

パンパンッと手を打ち合わせ、木屑《きくず》や埃《ほこり》を払う。

「ハヤトちゃんいるー？」

玄関先から幼馴《おさなな》染《じ》みの橘《たちばな》ユミリの声が聞こえてきた。

この間の再会から、彼女は俺の事を「真崎《まさき》君」ではなく、昔のように「ハヤトちゃん」と呼ぶようになった。

学校では散々からかわれたが、なんだか失われた青春を取り戻せたようで嬉しかったので、からかわれるのに任せていたら、いつの間にかからかいも下火になっていた。

「いるぞー！」

犬小屋を自慢してやろうと、庭からユミリに声を掛ける。

車庫に母親の車が入るのが見えた。子犬の予防接種がようやく終わったようだ。

子犬の元気な声も聞こえる。

今日は賑《にぎ》やかな日になりそうだ。

「サトゥー、日本は今日も平和だぜ」

俺は異世界にいる友人にそう声を掛け、つぼみが付き始めた桜の向こうに見える青空を見上げた。

EX-2：ヒカルコーチとナナ姉妹

〝私はコーチっていうと、再放送で見た名作スポコンアニメを真っ先に思い出すかな？ 中学高校の部活には顧問はいてもコーチはいなかったから、少しだけ憧《あこが》れちゃうんだよね。――高杯光子《たかつきみつこ》〟


「へー、ここが転移ポイントか～」

「イエス・ヒカル。このスロットに魔核《コア》を入れて起動するのだと告げます」

「転移ゲートを潜《くぐ》るには、この認証アイテムが必要だと注意します」

「あははは、レトロゲーム好きのイチロー兄ぃらしいチョイスだね」

八人姉妹の五女のフュンフちゃんと六女のシスちゃんが転移ゲートの使い方を教えてくれる。

「年内には一般開放したいとマスターが言っていました」

「うん、私も聞いてるよ」

長女アディーンちゃんの言葉に頷《うなず》く。

太守やギルド長に知られた時の対応を頼まれているんだよ。

「アディーン、カリナを連れてきたと報告します」

末娘のユィットちゃんが向こうから手を振る。

迷宮内なのに走竜に乗っている。次女のイスナーニちゃんも騎乗していた。三女のトリアちゃんと超爆乳美女のカリナちゃんと慎《つつ》ましやかな美少女のゼナちゃんは徒歩。カリナちゃんの護衛メイドをしているエリーナちゃんと新人ちゃんも一緒だ。

「今日はゼナちゃんも一緒？」

「イエス・ヒカル。カリナを迎えに行った時に出会ったので連れてきました。マスターの許可は得ています」

「ミトさん！　王都にいらしたんじゃないんですか？」

「さっき着いたばっかり。養護院の子供達を迎えに来たんだよ」

空を飛んできたのは秘密にしておいた。王都の外には飛翔靴《フライング・ブーツ》で、途中からは仲良くなったワイバーンのバーン君に運んでもらったのだ。

「ごきげんよう、ミト様」

「あはは――ごきげんよう。カリナちゃんは今日も美人さんだね」

カリナちゃんに「ごきげんよう」なんて挨拶《あいさつ》を吹き込んだのはアリサちゃんに違いない。

「ミトはヒカルだと訂正します」

「――え？」

「どういう事ですの？」

戸惑うゼナちゃんとカリナちゃんに、ミトの他《ほか》にヒカルという名前もある事を告げる。

「どちらでお呼びすればいいかしら？」

「どっちでもいいよー」

二人は悩んだ後、姉妹と同じ「ヒカル」呼びにしてくれた。

「そういえば、ゼナちゃんだけ？　ジョン君の彼女さん達は？」

「リリオ達は領軍の訓練でいつもの場所に行ってます」

そっちもイチロー兄ぃがゼナちゃん達の育成の為に整えた狩り場らしい。

相変わらず——じゃない。どの世界のイチロー兄ぃも面倒見がいいよね。

「ゼナはサボりですかと問います」

「違います。新しい呪文《じゅもん》の試射をしようと思って」

「この間の『刃嵐《ブレード・ストーム》』よりも威力があるのですかと問います」

「中級で一番威力があるのは『刃嵐』だから。私はまだ上級の魔法は使えないんです」

ゼナちゃんは肩身が狭そうに言うけど、そのレベルで中級上位の「刃嵐」が使えたら十分だよ。

「ゼナちゃんは風魔法だけ？」

「はい、うちは風魔法の家系ですから」

「そっか、魔物退治をするなら火魔法か雷魔法を補助に覚えると殲滅《せんめつ》速度が上がるよ」

火勢を煽《あお》れるし、稲光を伴った嵐《あらし》とかも威圧効果抜群だしね。

「アリサちゃんが火魔法だから、サトゥー達との連携を考えるなら雷魔法がお勧めかな？」

「雷魔法ですか……」

ゼナちゃんは少し不安そう。

「風魔法だって中級までしか使えないのに、私に覚えられるでしょうか？」

「できるできる。魔法は一つ使えたら、他のを覚えるのはそんなに大変じゃないから」

必要なスキルポイントも減るしね。

そんな事を考えながら、ゼナちゃんに雷魔法の入門書を渡す。

「サトゥーさんのお役に立てるなら、私頑張ります」

恋する乙女の頑張るポーズが可愛い。

狙《ねら》ってやってないから、あざとさがなくてつい応援したくなっちゃうんだよね。

「うん、頑張れ！　分かんない事があったら教えてあげるから、いつでも聞きに来て」

サトゥーがイチロー兄ぃ本人じゃないのは分かっているけど、なんとなく寝取られ風味で、ちょっと心がもやもやする。

でも、恋する乙女を応援する為だから、ちゃんと激励しておいたよ。

◆

「到着と告げます」

ユィットちゃんが宣言する。

私達は転移鏡を越えて、迷宮の奥地へとやってきた。わりと見覚えがある。

「あー、ここか」

「前に来た事があるのですかと問います」

「うん、昔ね。たしか三日くらいかけて来たんだよ」

ここは地形がいいから、魔法騎士や魔法使いのレベル上げに良《い》いんだよね。

さすがイチロー兄ぃ。目の付け所がシャープだわ。

「凄《すご》いですね。三日掛かる場所に一瞬で来られるなんて」

「ええ、ゼナ」

ゼナちゃんとカリナちゃんが感動している。

「世はまさに大迷宮時代に突入だね」

「「「大迷宮、時代？」」」

ユィットちゃん達が首をこてりと傾《かし》げる。

通じないとは思っていたけど、姉妹で揃《そろ》って首を傾げるのはディスられているみたいで辛《つら》いから止《や》めてほしい。

ああ、ここにアリサちゃんかイチロー兄ぃがいたら、突っ込んでくれるのに。

ちょっと寂しくなりながら、「皆《みんな》が迷宮の奥に行けるようになるね、って事」と意訳して伝えた。

「それにしても、凄い魔法装置ですわ」

「ええ、大発見ですね」

カリナちゃんとゼナちゃんが転移鏡を見回す。

「褒賞金とか出るんすかね？」

「エリーナさん、情報公開は子爵様が決めると思いますよ？」

目がドルマークになってそうなエリーナちゃんを新人ちゃんが窘《たしな》める。

新人ちゃんことリエーナちゃんはエリーナちゃんと名前が似ていて紛らわしいから、新人ちゃんと呼ばれているらしい。パワハラされてかわいそうだけど、本人が「気にしないでください。これはこれで気に入っているんです」と言っていたので、外野がとやかく言うのは控えている。


「敵です！」

「——任せて」

話していたら、物陰から戦蟷螂《ウォー・マンティス》が現れた。

戦闘準備ができていないみたいだから、無詠唱の「誘導矢《リモート・アロー》」で斃《たお》しておく。

こっそり近付いていた影小鬼《ゴブリン・アサシン》は身体強化したキックで排除した。

「……す、凄いですわ」

「無詠唱なんて、伝説の王祖ヤマト様みたいです！」

「あはは、ありがとー」

自分の事を「伝説」なんて言われたら、ちょっと照れちゃうね。

「ヒカルはどうやって強くなったのですかと問います」

「やはり、ナナ達のように修行されたのですか？」

ユィットちゃんやアディーンちゃんが尋ねてきた。

「うーん、修行だけじゃないかな。私は才能がなかったから、凄い人達に教えてもらってようやく戦えるようになったんだよ」

　サガ帝国に召喚された当初は、戦えないハズレ勇者扱いだったんだから。

「わたくし達もヒカルさんに教えていただいたら、そんなに強くなれるのかしら？」

「うん、大丈夫だよ！」

　この世界は努力が確実に報われるレベル制の世界だからね。

◆

「それじゃＨＢＣ――ヒカルブートキャンプを始めるよ！」

　皆にレクチャーを頼まれたので、転移鏡周辺の魔物を術理魔法の「誘導矢」で掃除してから、短期集中講座を開いた。講座名はノリだ。

「まずは魔力を身体《からだ》に満たして」

　これは皆できた。

「次は魔力を循環させるんだよ。魔力操作スキルがあるならできるできる！」

「魔法を維持しながら別の魔法を使うのとは違う難しさがありますね」

「あはは、それができるなら、すぐにできるようになるよ」

　ゼナちゃんはアリサちゃんやミーアちゃんから、効果継続系の魔法を維持しつつ他の魔法を使う訓練を受けた事があるらしい。

「難しい以前によく分かんないっす」

「魔法道具《マジック・アイテム》に魔力を流すのと同じ感じだよー」

「そう言われても難しいですね」

ユィットちゃんとシスちゃんが、ちょっと苦戦中。エリーナちゃんと新人ちゃんの二人は魔力操作スキルがないから、あとで個別にレッスンが必要そう。

「こうかしら?」

『そうだ、カリナ殿。その違和感に集中すれば使えるようになる』

「わたくし頑張りますわ!」

カリナちゃんも魔力操作スキルがないんだけど、「知性ある魔法道具《インテリジエンス・アイテム》」のラカ君がサポートしてくれているから大丈夫みたい。

「できた! ユィットもできたと告げます」

「姉の尊厳が危険。今こそ本気を出すと宣言します」

ユィットちゃんに先を越されたシスちゃんが凄い気合いで成功させた。

髪型以外は皆同じ顔に見えるけど、性格は色々なんだね。

「あとはエリーナさんだけですよ。頑張って」

「新人ちゃんなのに上からっすね——いけた? もしかして流れてる?」

「おー、さすがだね。いい感じだよ! 魔力流れてる!」

エリーナちゃんと新人ちゃんも、手を繋《つな》いでレッスンしたら上手《うま》くできるようになった。

できるようになったら、今度は長時間の維持だ。

「ユィットちゃん、足の先が弱いよ。気を抜かずに爪先《つまさき》まできちんと流す！」

最初のうちは集中が乱れると末端に魔力が流れないんだよ。

「できた？　うん、いいね！　それじゃ次行こー！」

若い子は覚えが早い。

「次はね、武器や鎧《よろい》にも魔力を流してみて」

これが意外と難しいんだよ。

特に鎧が難しい。ミスリル製だと難易度が下がるんだけど、やっぱ手で掴《つか》んでる武器や盾ほどは上手く流せない人が多い。

「難しい？　でも、皆ならできるはずだよ！　頑張って！」

皆が真剣な顔で頑張っている。

痒《かゆ》い所に手が届かない感じで、みんな苦戦中だ。

「おっ！　さすが長女！　アディーンちゃんができたよ。皆もアディーンちゃんに続こう！」

一人できたせいか、他の子達もアディーンちゃんに負けじとクリアしていった。

二番目はラカ君にサポートされたカリナちゃん。やっぱ、ラカ君ってフルー帝国時代の動甲冑《かっちゅう》を制御していた魔導ＡＩパーツのカスタムメイド品なんだろうな～。

他の子達も二人から少し遅れてだけど、できるようになった。

「よしよし、ちょっと難しかったけど、皆できたね」

皆を褒めて少し休憩させる。

初めのうちは循環中のロスが多いから、魔力回復薬を飲ませないと魔力が足りなくなりそう。

「これが基本形だよ！」

「基本形、ですかと問います」

好奇心旺盛《おうせい》な三女のトリアちゃんが、ピシッと綺麗《きれい》に手を挙げて質問してきた。

「そう、これを一日中維持できるようにするのが目標！」

「「「——維持？」」」

姉妹達が声を揃える。

「それができるようになれば、剣を覆う魔力を鋭くして魔刃にしたり、鎧や身体を覆う魔力を厚く硬くして魔力鎧にしたりできるんだよ！」

「「「魔刃！」」」

「「「魔力鎧！」」」

魔刃は反応が良かった。

昔はできる人が多かったけど、現代だと達人レベルの人しか使えない技みたいな感じらしいんだよ。

あの頃《ころ》は大陸中で戦争をしていたし、魔法金属の武器も多かったからかもね。

そんな昔話はともかく、目をキラキラさせた子達にレクチャーしていく。

「武器の先端まで魔力で満たして、魔法使いも杖《つえ》の先端まで循環させようね」

「ヒカル、それは無茶だと抗議します」

「身体の外側に出した魔力は戻せないと主張します」

「武器や杖も身体の一部だと思えばいいんだよ。ほら、こんな感じ」

私は「無限収納《インベントリ》」から取り出した杖でやってみせる。

「さあ、次は皆の番だよ。もう少ししたらお昼にするから、ワンモアトライだよ！」

悲鳴をあげる皆を励ましてチャレンジさせたけど、さすがに一朝一夕で武器や防具にまで魔力を循環させるのは無理だった。まあ、そうだよね。

◆

「お昼はサンドイッチだよ！」

王都のミツクニ公爵邸の料理長さんが作ってくれた豪華なサンドイッチ・セットだ。ちゃんとカトラリーや飲み物まで用意してくれているのが憎いね。足りない分は無限収納のストックから出した。

「「「いただきます！」」」

アリサちゃんが教えたみたいで、姉妹だけじゃなくゼナちゃんやカリナちゃん達まで食事の前に「いただきます」と手を合わせる。手洗いも教えているみたい。さすがアリサちゃん。

「トリアは卵サンドに決めました！」

「ユィットはカツサンドを食べると宣言します」

喜んでサンドイッチに手を出したトリアちゃんとユィットちゃんの手を叩《たた》く。

「ヒカル、意地悪は止めてほしいと告げます」

「トリアも！　トリアも意地悪はダメだと思います！」

案の定、ユィットちゃんとトリアちゃんに抗議された。

「違う違う。ご飯の時も循環を止めちゃダメ」

「食事中もですかと問います」

ユィットちゃんが驚いた。

「そうだよー、一日中維持って言ったじゃない」

「トリアは！　トリアはご飯の時はご飯の事だけを考えていたいと主張します」

「別に良いけど、他《ほか》の姉妹に置いていかれるよ？　いいの？」

「ううっ、トリアは……トリアは頑張ります」

よよよと泣き真似《まね》をするトリアちゃんの頭を撫《な》でて、「頑張れ」と励ました。

「美味《おい》しいと告げます！」

「卵がふんわりふわふわです！　トリアは製法が気になります！」

「カツは肉厚でソースがとってもよく合うとユィットは絶賛します」

「上品な美味しさですね。ちょっと入った辛子がアクセントになっていて美味しいです」

「ええ、とっても美味しいですわ。チーズとハムのサンドイッチが気に入りました」

「子爵様やルルちゃんの作るサンドイッチに負けてないっすよ」

「エリーナさん、美味しいのは分かりますけど、両手に持って食べるのは止《や》めましょうよ～」

皆《みんな》、気に入ってくれたみたい。

「ヒカルが作ったのですかと問います」

「違うよー、お屋敷で出たんだけど、美味しいからユィットちゃん達に食べさせてあげようと思って料理長に作ってもらったんだよ」

「納得と告げます。さすがはシェフの味だと称賛します」

「ううっ、ユィットちゃんが酷《ひど》い」

まあ、一緒に飯店でアルバイトしていた時に、料理を黒焦げにしたのを何度も見られているから仕方ないね。

◆

「さあ、後半戦だよ！」

今度は午前中の練習を実戦で使ってみよう。

「ユィットちゃん達の目標は五レベルアップ！　ゼナちゃんとカリナちゃん達は三レベルアップを目標に頑張ろう！」

ここは魔物が多いから、チート技の「超人強化《ヒーロー・プレイ》」を使えば、けっこうなペースで狩れるはず。

ポチちゃん達に聞いていたイチロー兄ぃの鬼畜レベル上げよりはマシだよね。

「ヒカルさん、さすがにそれは無理では？」

「無理をするのは危険だと思います」

慎重なゼナちゃんやアディーンちゃんが再考を求めてきたけど、ここは前進あるのみ。

「大丈夫、危なくなったらフォローするから頑張ってみよー！」

万が一の場合は「誘導矢」やクラウソラスを踊らせればなんとかなる。

「はい、ヒカルさん。わたくし頑張りますわ！」

うんうん、お嬢様っぽいのにカリナちゃんは積極的でとってもいいね。

「それじゃ、行ってみよー！」

「「ノー・ヒカル。再考を」」

「あははは、れっつ・ぱーりー」

悲鳴をあげる子達を横目に、私は魔物寄せの術理魔法を使った。

「ヒカル！　敵が！　敵がいっぱいだと告げます！」

「アディーン、挑発を！　私達で壁になるべきと主張します」

『カリナ殿！　突っ込んではいかん！　周りと同調を！』

「皆、頑張れ～」

私はパニック気味な皆にエールを送った。

なお、夕方までに目標のレベルが上がった事をここに記す。

終わった後に、魂が抜けたような顔で皆がへたり込んでたけど、結果オーライだよね。

第二回のブートキャンプ開催を企画したら、きっと皆もっと喜んでくれるに違いないよ。

イチロー兄ぃに内緒で皆を育てて、驚かせちゃうのも楽しいかもね！

あとがき

こんにちは、愛七《あいなな》ひろです。

この度は「デスマーチからはじまる異世界狂想曲」の第二〇巻をお手に取っていただき、ありがとうございます！

去る二〇二〇年三月にデスマＷＥＢ版が完結しました。二〇一三年三月に「小説家になろう」で連載を始めた本作ですが、七年越しでようやくＥＮＤマークを付ける事ができました。

もちろん完結したのはＷＥＢ版だけです。

デスマ（書籍版）はまだまだ続くのでご安心を！　ＷＥＢ版とは最終章の流れやギミックを全然別物に変えるつもりなので、ＷＥＢ版既読の方もご期待ください。

残り行数が少ないので手短に本巻の見所を――ＷＥＢ版のパリオン神国編と鼬帝国のデジマ島編をベースに新しく物語を再構築してみました。勇者達とサトゥー達の活躍をお楽しみください。

行数が尽きそうなので、恒例の謝辞を！　担当のＩ氏とＳ氏とＡさん、そしてｓｈｒ・ｉさん、その他この本の出版や流通、販売、宣伝、メディアミックスに関わる全ての方に感謝を！

そして読者の皆様。本作品を最後まで読んでくださって、ありがとうございます！

では次巻、パリオン神国〔観光〕編でお会いしましょう！

愛七ひろ

カドカワBOOKS

デスマーチからはじまる異《い》世《せ》界《かい》狂《きょう》想《そう》曲《きょく》　20

2020年７月10日　初版発行
2020年８月５日　再版発行

著者／愛七《あいなな》ひろ

発行者／青柳昌行

発行／株式会社KADOKAWA

〒102-8177
東京都千代田区富士見2-13-3
電話／0570-002-301（ナビダイヤル）

編集／カドカワBOOKS編集部

印刷所／大日本印刷

製本所／大日本印刷

Printed in Japan
ISBN 978-4-04-073246-6 C0093